獄門首に誓った女

九代目長兵衛口入稼業 四

集英社文庫

目次

獄門首に誓った女

九代目長兵衛口入稼業　四

第一章　逆恨み

一

晩夏の六月二十五日、夕方になっていくぶん暑さは和らいだ。ヒグラシが鳴きだした。

幡随院《ばんずいいん》長兵衛《ちょうべえ》は居間の長火鉢の前で煙管《キセル》をふかしていた。横にはお蝶《ちょう》がいる。

長兵衛は浅草花川戸《はなかわど》にある『幡随院』の九代目だ。口入《くちい》れ屋《や》で武家屋敷や商家にそれぞれ中間《ちゅうげん》や下男などの奉公人の世話をしているが、土木工事や荷役などをする人足の派遣もしており、そのために常時、若い男を大勢寄宿させている。

二十五歳で当主となって一年経《た》った。お蝶は三年前に所帯を持ったふたつ年上の姉《あね》さん女房である。

「そろそろかしら」

お蝶は落ち着きをなくしていた。切れ長の目に三日月眉、富士額《ふじびたい》で、引き締まった美しい顔だちだった。

「今頃は稲荷町《いなりちょう》か田原町《たわらまち》辺りまで来ているだろう」

長兵衛は煙を吐く。

長兵衛は体が大きく、胸板も分厚い。細面《ほそおもて》で逆八文字の眉は太く、切れ長の目はやや つり上がり、まっすぐ高く伸びた鼻筋に微笑《ほほえ》みを湛《たた》えたような口元。凛々《りり》しく、そして男らしい顔立ちだ。押し出しがよいので、若いのに貫禄《かんろく》があった。

「親分。やってきましたぜ」

襖《ふすま》の向こうから手代《てだい》の吾平《ごへい》が声をかけた。

「よし」

長兵衛は立ち上がった。お蝶も腰を上げた。

今日は山嵐《やまあらし》の繁蔵《しげぞう》が引き回しの上に斬首される日だった。繁蔵は四十二歳で、手下の十人を率いて、ここ二年で、五件の押込《おしこ》みをしている。繁蔵一味が引き上げたあとにはいつも死体がふたつ三つ転がっているという残虐な連中だった。

その繁蔵一味が一網打尽になったのはひと月前のことだった。そして、詮議の末に繁蔵は市中引き回しの上に獄門《ごくもん》という沙汰になり、今日がその執行の日だった。

繁蔵は後ろ手に縛られて、今日一日、江戸市中を引き回され、最後に小伝馬町《こでんまちょう》の牢屋《ろうや》敷《しき》に戻って斬首されることになっていた。

早暁に小伝馬町の牢屋敷裏門から出発した引き回しの一行は大伝馬町《おおでんまちょう》から堀留町《ほりどめちょう》・小舟町《こぶなちょう》を通り、江戸橋を渡って楓川《かえでがわ》にかかる海賊橋を越えて奉行所与力《よりき》・同心《どうしん》の組屋敷がある八丁堀《はっちょうぼり》を経て、東海道に出る。京橋を渡り、銀座町、尾張町《おわりちょう》から芝口橋《しばぐちばし》を渡り、高輪《たかなわ》の大木戸《おおきど》まで行き、そこから引き返し、赤坂田町《あかさかたまち》、四谷御門《よつやごもん》へと向かい、右にお城を見ながらまわって、夕七つ（午後四時）には本郷から湯島切通《きりどお》しを経て池之端仲町《いけのはたなかちよう》に、さらに上野山下を過ぎ、新寺町《しんてらまち》から田原町、そして吾妻橋《あずまばし》の袂《たもと》から花川戸へとやってくる。

長兵衛はお蝶といっしょに『幡随院』の店先に出た。子分たちも並んでいた。

やがて、左手から引き回しの一行がやってくるのが目に入った。六尺棒を持った先払いの者や罪状を書いた幟持《はたもち》を先頭に、突棒《つくぼう》、刺股《さすまた》などの捕物道具を持った者が続き、やがて馬に乗った罪人が見えてきた。

沿道に並ぶ野次馬からざわめきが起こった。菅笠《すげがさ》に墨染め衣の僧侶が経を唱えだした。

長兵衛は馬上の繁蔵の顔を見た。後ろ手に縛られ、ざんばら髪に無精髭《ぶしようひげ》、いかにも極悪人という風貌だ。

繁蔵は辺りを睥睨《へいげい》していた。睨《にら》みつけられた沿道の女は恐ろしさに悲鳴を上げた。そして、繁蔵の目がお蝶に向いたとき、繁蔵は目を見開いた。

繁蔵一味の捕縛に一役買ったのはお蝶だった。繁蔵は通り過ぎても首をまわし、お蝶を見ていた。

繁蔵はお蝶を知らないはずだ。それなのに、お蝶を見て、驚いていた。

繁蔵が行き過ぎたあと騎馬の陣笠、野羽織、袴姿《はかますがた》の検使与力や警護の同心たちが通っていく。

一行が見えなくなっても、長兵衛とお蝶はその場に立っていた。

そのまま突き進めば小塚原《こづかっぱら》の刑場に出るが、一行は今戸《いまど》から引き返してくる。小伝馬町の牢屋敷に戻るのだ。

「やはり、似ているのだな」

長兵衛はさっきの繁蔵の様子を思いだした。

「そんなに似ているのかしら」

お蝶も不思議そうに言う。

繁蔵にお紺《こん》という情婦がいる。かなりな美貌の持ち主で、その色香を使って狙った大《おお》店《だな》の主人や番頭を籠絡させて、その上で堂々と押し込むという手口を繰り返してきた。この情婦のお紺がお蝶に似ているようなのだ。そのことが山嵐一味の壊滅に繋《つな》がったのである。

反対方向から山嵐の繁蔵が引き返してきた。またも繁蔵の視線はお蝶に当てられた。今度も行き過ぎても体をひねってお蝶の顔を見ていた。

引き回しの一行は吾妻橋のほうに向かった。これから駒形《こまがた》、蔵前《くらまえ》を経て浅草御門を抜けて小伝馬町の牢屋敷に戻る。

そこで繁蔵は斬首になるのだ。

引き回しの一行が去り、沿道の野次馬も引き上げて静かになった。すでに辺りは暗くなっていた。

「入ろう」

長兵衛は声をかけた。

番頭の吉五郎《きちごろう》たちもいっしょに土間に入った。

「あの罪人、姐《あね》さんの顔を見てましたね」

勝五郎《かつごろう》がきいた。数か月前に上州からやって来た男だ。人足《にんそく》としてではなく、『幡随院』の手代として雇っている。

「あの男の情婦が姐さんに似ていたそうだ」

吉五郎が答える。

「じゃあ、最後に姐さんの顔を拝めて少しはなぐさめになったでしょうね」

吾平がしんみりする。

「情婦は捕まっていない。うまく逃げ延びている。だから、どこかの沿道で引き回しを見ていたはずだ」

長兵衛が言う。

「へえ、どんな女か見てみたいですね」

吾平が好奇心に満ちた目をし、

「首は小塚原に晒《さら》される。朝から待っていれば、獄門首を見に情婦が来るかもしれませんね」

と、呟《つぶや》くように言う。

「待っていたっていつ来るかわからねえよ。よけいなことは考えないことだ」

吉五郎がたしなめるように言う。

「どんな極悪人だろうが、死ねばホトケだ」

長兵衛は呟き、

「冥福を祈ってやるんだ」

と、誰にともなく言いきかせた。

居間に戻った。

それから四半刻《しはんとき》（三十分）余り経った後、お蝶が顔を上げ、ぽつりと口にした。

「そろそろかしら」

「やはり、気になるか」

「ええ、私が追い詰めたようなものだから」

「そうしなければ、『山代屋《やましろや》』の誰かが犠牲になっていたのだ。いや、今後もさらに犠牲者が出たかもしれない」

「そうですけど、お紺という女子《おなご》の気持ちを考えたら」

お蝶は珍しく弱音を吐いた。

長兵衛はお蝶から聞いた顚末《てんまつ》を思いだしていた。

ひと月余り前の五月中頃、神田須田町《かんだすだちょう》にある取引先の商家に挨拶に行った帰り、お蝶は神田明神《みょうじん》に寄った。

拝殿に参拝したあと、境内の水茶屋で休んだ。

須田町にある商家には『幡随院』が下男を世話している。その下男が店の奉公人と揉《も》め事《ごと》を起こした。その謝罪に、お蝶が出向いたのだ。

なんとかうまく話がついてほっとしながら縁台に腰を下ろして茶を飲んでいると、遊び人ふうの男が近寄ってきて、

「姐さん。ここでしたか。探しましたぜ」

と、横に腰を下ろした。二十七、八の色白で鼻筋の通った男だった。

「あっしも二十日の首尾を祈ってきました」

お蝶は苦笑して、

「誰かと間違えていないかえ」

と、顔を向けた。

「いやだな。姐さん、ひとが悪い。『山代屋』の件で……」

男は言いさした。

まじまじとお蝶の顔を見つめ、

「お紺姐さんじゃ……」

「いえ、私はお紺さんじゃありませんよ」

お蝶は首を横に振った。

「なんですって」

男は立ち上がって、

「ちぇっ」

と舌打ちをし、注文をとりにきた茶汲《ちゃく》み女に手を振った。

「いらねえよ」

お蝶は呆《あき》れながら水茶屋から去っていく男を見送った。男はきょろきょろしながら境内を歩きまわっていた。

お蝶が水茶屋を出て、鳥居に向かいかけたとき、さっきの男が女といっしょにいるのを見た。女は後ろ姿だったので、自分と間違えるような顔かどうかは確かめられなかった。

その話を、帰ってきてお蝶は長兵衛にした。

長兵衛はなんとなく引っ掛かった。

二十日の首尾に『山代屋』の件。このふたつの言葉だけから想像するのは大胆過ぎるが、気になってならなかった。

「二十日というのは今月の二十日のことだろう」

長兵衛は言う。

「ええ、そうでしょうね」

「二十日に何かするようだな。『山代屋』というと、池之端仲町に呉服問屋の『山代屋』という大店があるが」

長兵衛は首を傾《かし》げた。

「ええ、同じ屋号の店は他にもあるけど、池之端仲町の『山代屋』が一番大きな店ね。二十日に『山代屋』で何かあるのかしら」

お蝶は気になって、翌日に池之端仲町の『山代屋』に行ってみた。すると、番頭が出てきて、

「これは菊野《きくの》さま」

と、頭を下げたという。

「私は菊野ではありません。花川戸の幡随院長兵衛の女房お蝶です」

「『幡随院』の親分さんですか」

番頭はあわてて、

「失礼いたしました」

と、謝った。

「私がその菊野というひとに似ているのですか」

「はい」

お紺という女と菊野。自分に似た女が何人もいるとは思えない。

「そうですか。ちょっと、ご主人にお目にかかりたいのですが」

お蝶は申し入れた。

「わかりました。どうぞ、こちらから」

番頭は戸惑いながら、お蝶を店座敷の隣にある部屋に通した。

「少々、お待ちください」

番頭は下がり、しばらくして四角い顔の恰幅《かっぷく》のいい男が部屋に入ってきた。

お蝶の顔を見て、不思議そうな顔をした。

「山代屋さん。幡随院長兵衛の女房お蝶と申します。初めてお目にかかります。こちらに出入りをする菊野という女子のことについて教えていただけませんか」

お蝶はきいた。

「どういうことなのでしょうか」

山代屋は眉根を寄せてきいた。

「二十日に何かあるのですか」

「二十日……」

山代屋は顔色を変えた。

「それが何か」

山代屋は訝《いぶか》しげにきいた。

「菊野という女子は私に似ているそうですね」

「はい。雰囲気は違いますが、よく似ています」

「どこのお方ですか」

「旗本松尾播磨守《まつおはりまのかみ》さまのご息女です」

「松尾播磨守さまのご息女？」

お蝶は首を傾げた。

「ご息女に間違いありませんか」

お蝶は確かめる。

「そうお伺いしています。何か」

山代屋は不安そうな顔をした。

「二十日に何があるのですか」

山代屋の問いかけには答えず、お蝶はもう一度きいた。

「はい。その夜、菊野さまがここにお立ち寄りになるのです」

「立ち寄る？　なぜ、その日の夜に？」

「お買い求めの反物をとりにです」

「なぜ、二十日なのでしょうか」

「芝居の帰りに寄りたいと」

「芝居の帰り？」

「はい。市村座《いちむらざ》に菊五郎《きくごろう》が出るとのこと。菊野さまは菊五郎が贔屓《ひいき》だそうで。芝居見物の帰りに寄って、品物を受け取っていきたいと。もうお代はいただいておりますので」

「松尾さまのお屋敷に届けないのですか」

「じつは殿様や奥方さまに内証《ないしょう》の買い物だそうで」

「届けられては拙《まず》いということですね」

「そのようです」

「松尾播磨守さまのご息女を以前からご存じでしたか」

「いえ、今回はじめてお目にかかりました」

　山代屋は答えたが、

「何かご不審でも？」

と、きき返した。

「昨日、遊び人ふうの男が私に声をかけてきました。お紺と呼びかけて」

「………」

「私がお紺という女子に似ているようです。ここに来たら、番頭さんから菊野さまと呼びかけられました」

「どういうことなのでしょうか」

山代屋の顔が強張《こわば》ってきた。

「その菊野と名乗った女子はもしかしたらお紺かもしれません。そんなに何人も似た顔の女がいるなんて考えられません」

「菊野さまが嘘《うそ》をついていると……」

お蝶は真顔で、

「松尾播磨守さまのお屋敷に行き、菊野さまにお会いになってみてください、それで、お店に来た女子ではないことがわかったら、八丁堀の旦那に相談してください。二十日に何かが起こる可能性があります」

「いったい、何が?」

「押込みです」

ずばり言い、お蝶は『山代屋』をあとにした。

二十二日の昼過ぎ、同心の河下又十郎《かわしたまたじゆうろう》がやってきて、

「お蝶。そなたのおかげで、山嵐の繁蔵一味を捕縛できた」

と、口にした。

「山嵐の繁蔵？」

「押込みの首領だ。繁蔵の情婦がお紺だ。お紺が松尾播磨守の息女に化けて『山代屋』を訪れ、戸を開けさせて押し込む手筈《てはず》だったようだ。山代屋から相談を受け、奉行所は捕り方を配置し、待ち構えた。五つ半（午後九時）過ぎに、菊野を名乗った女が戸を叩《たた》いた。そして菊野が去った半刻《はんとき》（一時間）後、裏口から、一味がどっと入り込んできた。外を見張っていた捕り方と中にいた捕り方でいっきに盗賊をとり押さえたというわけだ」

又十郎は話したあと、

「ただ、情婦のお紺だけは逃がしてしまった。女だと思って油断していたのがいけなかったのだ」

と、口惜《くや》しそうに言った。

「二十七、八の鼻筋の通った男はいましたか」

間違えて声をかけてきた男だ。

「繁蔵以下、十人を捕まえたが、その中に色白で鼻筋の通った優男《やさおとこ》がいた」

「そうですか」

「繁蔵一味は押込み先で平気で人殺しもする血も涙もない残虐な連中だった。これで、江戸の人びとも枕を高くして眠れるだろう」

又十郎は笑みを浮かべた。

あれからひと月経って、今日の引き回しだ。山嵐の繁蔵は悪党の大物らしく馬上で堂々としていた。

引き回しは繁蔵だけで、子分のうちふたりが獄門、三人が死罪。その他の者は遠島という沙汰だった。繁蔵が最初に処刑されることになった。

「もう、済んだろうな」

繁蔵は首を落とされたはずだ。

「ひとりだけ残されて、お紺ってひと、どうするのかしら」

お蝶が不安そうに言う。

「ひとりだけ助かったことに感謝をし、心を入れ替えて足を洗ってくれればいいが。かなりの美貌の持ち主なのだろう。いい男に巡り合ってくれれば……」

お蝶に似ている女だけに、これからはまっとうに生きていってもらいたいと、長兵衛は願った。

二

雨雲が空を覆っている。枯れ木に烏《からす》が舞っていた。野犬が死骸を漁《あさ》ったのか、小塚原の刑場は死臭が漂っている。

右手に見える寺は千住回向院《せんじゆえこういん》であり、その先は千住宿《せんじゆしゆく》である。人通りは多い。行き交う者が竹矢来の近くに集まっていた。奥には獄門台があり、今日になって新しい獄門首が晒されている。

「おかしら」

お紺は獄門首の繁蔵を見て込み上げてくるものを堪《こら》える。

まさか、こんなことになろうとは……。

あの日、神田明神の社務所で御神籤《おみくじ》を引いたが、凶と出た。そのおみくじを木の枝に巻いて引き上げたとき、定吉《さだきち》があわてて飛んできた。

「姐さん、ここでしたか」

定吉は二十六歳の細身の男だ。子分の中で一番若い。

「なんだね、そんなに泡を食ったように」

お紺は苦笑した。

「さっき、姐さんにそっくりな女に出会ったんでさ」

定吉は決まり悪そうに、

「よくよく見れば、違いますが、姐さんだと思って声をかけてしまいました」

と、口にした。

「ばかだね。で、なんて言ったんだね。よけいなことを言いはしなかったろうね」

「へえ、それが」

「何を言ったんだえ」

お紺は厳しく言う。

「二十日の首尾を祈ってきたってことと『山代屋』の件だと」

「……………」

お紺にはこれだけで計画が洩《も》れるとは思えなかった。

「それ以外は？」

「それだけです」

「まだ、その女は境内にいるんだろう」

「います」

「念のため、その女のあとをつけ、誰だかを調べておくれ」

「わかりやした」

その日の夕方、入谷《いりや》の隠れ家に定吉がやってきて、

「女のことがわかりました。花川戸の『幡随院』の主人長兵衛のかみさんで、お蝶というそうです」

「『幡随院』？」

「口入れ屋です」

「そう。まあ、心配するような女ではないようだね」

お紺は安心したように言った。

だが、お紺の考えは甘かった。まさか、そこから計画が見破られて、繁蔵一味が全員捕縛されるとは思わなかった。

五月二十日の夜、菊野という旗本の息女に化けたお紺は夜の五つ半に池之端仲町の『山代屋』を訪れた。買い求めてあった反物を受け取るという口実で、前もって伝えてあったので『山代屋』の番頭が潜り戸《くぐど》を開けた。

お紺と供の定吉は土間に入り、店座敷で番頭から反物を受け取った。そのとき、お紺は厠《かわや》を借りたいと申し入れた。番頭が案内に立ったとき、定吉は潜り戸から仲間をひとり引き入れた。

番頭に見送られて、お紺と定吉は『山代屋』をあとにした。そのとき、すでに一味の

ひとりは『山代屋』の中に潜んでいた。

それから半刻後、繁蔵らは仲間が開けた裏口から侵入した。これがまさか罠《わな》だったとは想像さえもしなかった。

お紺は念のために用心をして浅草のほうをまわって入谷の隠れ家に帰った。

だが、未明になっても誰も帰って来なかった。神田明神のおみくじが凶だったことを思いだし、急に不安になった。

朝になって、お紺は『山代屋』に様子を見に行った。

奉行所の者が『山代屋』に出入りをし、ものものしい雰囲気だった。野次馬にきくと、『山代屋』に押し入った盗賊が全員捕まったという話をしていた。

お紺は衝撃で目眩《めまい》がした。押込みがあることがわかっていて奉行所の捕り方が待ち構えていたという。

お紺は深川《ふかがわ》の富岡橋《とみおかばし》、俗に閻魔堂橋《えんまどうばし》と呼ばれる橋の近くにある『さそり屋』という骨董屋《こつとうや》に赴いた。

戸口に立った。薄暗い店内に、主人の善次《ぜんじ》が退屈そうに座っている。四十半ばの顎の長い男だ。

「善次さん」

お紺は土間に入った。

「おや。お紺か」

善次が驚いたように言う。

孤児のお紺を引き取り、盗みを教え込んだのが善次だった。お紺は各宿場《しゅくば》で、商家の娘や女太夫《おんなだゆう》、芸者などいろいろな女に化けて、獲物に近づいて金を奪うということを、善次といっしょにやっていた。ときには、美人局《つつもたせ》もした。

だが、善次は五年前に足を洗って、今は細々と骨董屋をやっている。

「どうしたんだ。顔色が悪い」

善次が心配そうにきいた。

「繁蔵が捕まったんだ」

お紺は口にした。

「繁蔵が？」

「ええ」

お紺が繁蔵と出会ったのは三島宿《みしましゅく》の旅籠《はたご》だった。五年前、旅人の部屋に忍び込んだが、すぐ見抜かれてとり押さえられた。商家の主人のなりをしていたが、盗人《ぬすっと》のかしらだった。

当時、繁蔵は三十七歳、渋い顔だちでたくましい体をしていた。お紺は強い男が好きだった。たちまち、繁蔵に夢中になり、すぐ情を交わした。お紺が繁蔵の情婦になったのをきっかけに、善次は足を洗ったのだ。

「何があったんだ?」

善次がきいた。

「昨夜、『山代屋』に押し込んだのさ」

お紺は成り行きを説明した。

「今朝、『山代屋』の前に行ったら、押込みが全員捕まったと。お願い、詳しいことを調べてきてくれない?」

「わかった」

善次は店の表戸を閉めた。

「ここにいろ」

そう言い、善次は出かけた。

帰ってきたのは夕方だった。池之端仲町の『山代屋』から大番屋《おおばんや》まで行って様子を窺《うかが》ってきたと言い、

「やはり、奉行所の役人が待ち構えていて、全員を捕縛したようだ」

「やっぱり」

「隠れ家はどこだ? 一味の誰かが自白をさせられる前に金目のものをどこかに移すのだ。俺も行く」

それから、ふたりで入谷の隠れ家に行き、繁蔵が貯《た》めていた金五百両を持って閻魔橋の善次の家に運んだ。

奉行所の手がお紺に伸びてくることはなかった。入谷の隠れ家が家捜しされた形跡もなかった。

繁蔵はじめ、子分たちはお紺のことを一切口にしなかったようだ。入谷の隠れ家も黙ってくれていた。

数日後、お紺は小伝馬町の牢屋敷から数寄屋橋御門《すきやばしごもん》内の南町奉行所に取り調べのために数珠つなぎになって移送されていく仲間を物陰から見つめた。後ろ手に縛られた繁蔵が気づいてお紺のほうに顔を向けた。

繁蔵はやさしく微笑みかけてきた。お紺は涙が込み上げてきた。繁蔵はじたばたしなかった。

馬に乗せられて市中を引き回しされたときも、繁蔵は堂々としていた。馬の上からお紺に気づくと、微笑んでくれた。

今、獄門台の繁蔵は髪がそそけだち、口のまわりを髭が覆い、いかにも極悪人の人相をしているが、お紺の目には強くてやさしい男に映っている。

頬に冷たいものが当たった。

「降ってきたようだ。さあ、行こう。いつまでもここにいて怪しまれてもいけねえ」

善次が急《せ》かした。

「善次さん」

お紺は思い詰めたように、

「繁蔵の仇《かたき》を討ちたい」

と、覚悟を口にした。

「繁蔵の仇？　誰だ？」

「幡随院長兵衛の女房のお蝶よ」

「定吉って男がおまえと間違えて話しかけたという女だな」

「あの女がよけいな真似《まね》をしなければこんなことには」

繁蔵の獄門首を見つめながら、お紺は呻《うめ》くように言う。

「ともかく、ここを離れよう」

善次は引っ張るようにお紺を竹矢来の前から離した。

深川の閻魔堂橋近くの善次の家に戻った。とたんに雨脚は強くなった。

獄門台の繁蔵の顔に激しく雨が打ち付ける光景を思い浮かべて胸が締めつけられた。

手拭いで、濡れた顔を拭ってやりたかった。

（お紺）

はっとした。繁蔵の声が聞こえた。善次は煙管をくわえていたから善次が呼んだのではない。幻聴か。

自分から繁蔵を奪ったお蝶が許せなかった。自分は亭主の長兵衛と楽しそうに暮らしているかと思うと怒りで手の指先まで震えてくる。

「善次さん、力を貸してちょうだい。お蝶という女に思い知らせてやりたい」

お紺は切羽詰まったように言う。

善次はじっとお紺の顔を見つめて、

「どうやら本気のようだな」

と、厳しい顔で言った。

「じつはあの仕事はちょっと不安だったの。繁蔵は四十二の本厄だったから。だから、私が気に病んで、神田明神に祈願しに行った。そこに、お蝶も来ていたんだわ」

お紺は悔いるように、

「おみくじも凶だったし、もっと慎重になってお蝶の動きを調べるべきだったわ。まさか、『山代屋』に知らせるなんて」

押込みの夜、菊野と名乗ったお紺が『山代屋』を訪ねたとき、番頭は正体に気づいていながらわざと中に招き入れ、厠にまで案内した。

すべてお蝶の差し金だ。あの女がよけいな真似をしなければ、繁蔵とつらい別れをせずとも済んだのだ。

自分以上に責任を感じているのは定吉だ。定吉がひと違いをしたためにこんなことになった。自分の勘違いが繁蔵をはじめとする仲間十人を地獄に突き落としたのだ。そのことに慚愧《ざんき》に耐えない思いで、苦しんでいるに違いない。

「ねえ、善次さん。定吉を牢抜けさせることは出来ないかえ」

お紺は思いついて言う。

「牢抜け？」

善次は目を丸くした。

「小伝馬町の牢屋敷から牢抜けなんて無理だ」

「定吉は私以上にお蝶を恨んでいるはず。ふたりでやってこそ、復讐《ふくしゆう》になるわ」

「だがな、牢抜けとなると……」

善次は首をひねる。

「火事が起こって牢屋敷にまで延焼しそうになれば、囚人たちは三日間だけお解き放ちになる。だから、そのまま逃げられるが……。だが、逃げたところで、厳しい探索が待っている」

「大風が吹いているときに火を付けたら？」

「付け火だと、火盗改《かとうあらた》めも乗り出してきて、復讐するどころではなくなる」

善次は気難しい顔で言い、

「それより考えられるのが……」

と、こめかみに指を当てた。

「なに？」

「いや、ほんとうに出来るかどうか調べてみる」

「ありがとう、善次さん」

「それより、俺とおめえのふたりだけでは無理だ。仲間がいる」

「誰か心当たりでも？」

お紺は縋《すが》るようにきいた。

「ないこともない。だが、仲間に引き入れるには金がいる。隠れ家から運んだ金を使わせてもらっていいか」

「もちろんよ。お蝶を殺すためならいくらでも使ってちょうだい」

「よし。それなら話は早い」

善次は頷《うなず》いてから、

「あとは俺に任せてもらおう」

と、請け合った。

ふつか後の夜、善次が遊び人ふうの男を連れてきた。

細身で背が高いが、色白でおとなしそうな感じの三十半ばぐらいの男だ。

「お紺、友三郎《ともさぶろう》だ。俺がちょっと面倒を見てやったことがある男だ」

善次が引き合わせた。

「友三郎です」

男は頭を下げた。

「お紺です。よろしく頼みます」

お紺は答えたが、少し頼りなさそうに思えた。そんな思いが顔に出たのか、善次はお紺に、

「あとはすべて友三郎に任せればいい」

「お紺さん。事情は善次とっつあんから聞きました。あっしに任せてください」

友三郎は自信たっぷりに言い、

「あっしの息のかかった男が何人かいます。そいつらにやらせます」

と、何気ない口振りで話した。

「ほんとうに牢抜けさせてくれるんだね」

お紺は確かめた。

「ええ、させます。それにはお紺さんの力がいります」

友三郎の切れ長の目が鈍く光った。

「なんでもやるわ」

「ある男を色仕掛けで籠絡してもらいたいんです」

「お安い御用だわ」

お紺は口元を歪《ゆが》めて言う。

「結構です」

友三郎は笑みを湛えた。

「牢抜けさせたあとの隠れ家だが、どこかあるか」

善次がきいた。

「用意しますよ。花川戸周辺では見つかりやすい。かといって、遠くては不便です。向島《むこうじま》辺りでどうでしょうか」

「山谷堀《さんやぼり》と対岸の三囲《みめぐり》神社を繋ぐ竹屋《たけや》の渡しがあるな。向島に心当たりはあるのか」

「へえ。知り合いがいます。心配いりません。口は堅い」

友三郎は言ってから、

「ひとつだけ言っておきますが、牢抜けした囚人を奉行所は必死で追います。見つかるまでひと月と考えたほうがいい。ひと月の間はあっしらは定吉って男を守りますが、それ以上は無理だ。ですから、遅くともひと月以内に目的を果たさないとなりませんぜ」

「わかっています」

「目的を果たしたあとの逃亡先ですが……」

お紺は首を横に振った。

「お蝶を殺し、繁蔵の恨みを晴らすことしか考えてないの。その後のことはどうでもいいの」

「わかりました。その覚悟なら必ず、願いは成就しますぜ」

友三郎は不敵に笑い、

「じゃあ、まずお紺さんにさっそくある男の籠絡にかかってもらいます」

と、厳しい顔で言った。

「わかったわ」

やっと復讐に向かって動き出したのだと、お紺は獄門台に晒された繁蔵の顔を脳裏に蘇《よみがえ》らせていた。

三

七月二十四日。すっかり秋の気配に包まれて、空は青く澄み、頬をなでる風も心地好《ここちよ》い。

　長兵衛は吾平を伴い、駿河台《するがだい》にある作事《さくじ》奉行の旗本井村相模守《いむらさがみのかみ》の屋敷に赴いた。用人の河原孫兵衛《かわはらまごべえ》と会い、将軍家菩提寺《ぼだいじ》の大伽藍《だいがらん》の修繕工事に関わる人足派遣について説明を受けたあと、長兵衛は尋ねた。

「なぜ、『幡随院』にお声かけをしてくださったのでしょうか」

　井村家に縁のなかった長兵衛は気になっていたことをきいた。先日、孫兵衛が『幡随院』にやってきて、公ではなく、あくまでも相模守さまのご意向であると断り、菩提寺の修繕工事の入札《いれふだ》に加わるように言ってきたのだ。

　この工事は材木問屋『丸正屋《まるしょうや》』が受け、それから人足派遣の業者が決められるという説明がすでになされていた。

『丸正屋』は江戸で一、二を争う材木問屋だ。菩提寺の修繕工事は大がかりなもので、『丸正屋』しか応じられないだろうということであった。

「先日引き回しにあった山嵐の繁蔵のことだ」

　孫兵衛は意外なことを言った。

「松尾播磨守さまの用人どのから、繁蔵一味捕縛の経緯を聞いた。繁蔵一味は松尾さまのご息女の名を騙《かた》って『山代屋』に押し込もうとしていたようだな。松尾さまの用人どのは賊の狙いを見破ったそなたの妻女のお蝶どのに感謝をしていた。きけば、『幡随院』

の長兵衛は今売り出し中の男だという。殿が興味を示されてな。そこで、今度は『幡随院』に人足の派遣を頼んでみようということになったのだ」

「そうだったのですか。ありがとうございます」

長兵衛は頭を下げてから、

「もし、『幡随院』が選ばれたら、『丸正屋』さんといっしょに仕事をすることになるのですね」

「さあ、そのあたりはわしにはわからない。ただ、そなたは修繕工事に名乗りを上げてもらえればよい」

「改めて、お蝶に挨拶に来させます」

と言い、長兵衛は相模守の屋敷を辞去した。

相模守の屋敷をあとにしたときは、まだ西の空は赤く染まっていたが、柳原《やなぎはら》通りを経て、浅草御門に近づいた頃には残照も消え、あたりは暗くなっていた。

朝晩は過ごしやすくなり、初秋の涼しい風が吹いている。爽やかな季節だが、長兵衛は緊張していた。

「吾平、ずっとつけてくる連中がいるな」

長兵衛は吾平に囁《ささや》いた。

「えっ」

吾平が振り返った。

「遊び人ふうの連中が五、六人いますが」

吾平が浅黒い顔を向けて言う。二十歳で、上州の百姓の子だった。

「そうだ」

「襲ってきますか」

「わからぬが、気をつけろ」

「へい」

思い当たる節はないが、しいて言えば勝五郎のことだ。

じつの名を大前田栄五郎《おおまえだえいごろう》と言い、上州大前田村を中心にその周辺を縄張りにしている博徒《ばくと》の倅《せがれ》だ。栄五郎は祭礼博打《ばくち》の場所割りのことで揉めてから、ことあるごとにいがみあっていた新田郡久々宇《にったぐんくぐう》の丈八《じょうはち》を、仲間と三人で斬り殺して長《なが》の草鞋《わらじ》を履いた。

そして、江戸にやってきて、長兵衛のところに隠れ住んだ。

丈八の身内が栄五郎を追ってきたが、長兵衛は栄五郎を勝五郎と名乗らせ守った。

丈八は博徒でありながら八州《はっしゅう》取締役の道案内人をし、役目を笠に着て強請《ゆすり》や敵対する博徒を潰したりしていた。

だから、また上州から栄五郎を斃《たお》しにやってきた連中かとも思ったが、どこか腑《ふ》に落ちない。丈八の仲間なら花川戸の『幡随院』の近くで待ち構えるはずだ。

しかし、思い過ごしだったようで、後ろからつけてきた連中は長兵衛たちを追い抜いていった。博徒らしい雰囲気の連中だが、ひとりだけ商家の手代のような男が混じっていた。ときたま、手代らしき男は背後から背中を押され、よろけそうになった。

「あの手代のようなひと、どうしたのでしょうか。いやいや、連れられて行くみたいですけど」

吾平が気にした。

「そうだな」

男たちは浅草御門のほうに曲がった。長兵衛もそちらへ足を向けた。

浅草御門に差しかかったときだった。中肉中背の男が長兵衛のほうに駆けてきた。手代ふうの男だ。そのあとをさっきの連中が追ってきた。

「どうか、お助けを」

手代ふうの男が拝むように言う。

「その男を寄越《よこ》してもらおう」

髭面のいかつい顔をした男が長兵衛の前に立ちふさがった。横に猪首《いくび》の男がにやついていた。さらに、三人の男が長兵衛たちの背後にまわった。

「このひとがどうかしたのか」

長兵衛は訊《たず》ねる。

「博打の借金があるんだ。さあ、その男を引き渡してもらおう」

「助けを求めてきた者を差し出すわけにはいかない」

「俺たちに喧嘩《けんか》を売るのか」

「そんな気はないが、このひとは渡せない」

「このやろう」

いきなり、髭面が長脇差《ながわきざし》を抜いた。

「渡さないと痛い目にあう」

「親分」

吾平が叫ぶ。

長兵衛は訪問先が旗本屋敷だったために長脇差は置いてきていた。

横にいた猪首の男がいきなり匕首《あいくち》を振り回して迫ってきた。長兵衛は後退《あとずさ》りながら避《よ》け、三度目に切っ先が胸元を掠《かす》めたあと、足を踏み込み、匕首を持つ腕を捕まえひねり上げた。

「痛《いて》え」

猪首の男が叫ぶ。

髭面が長脇差で斬りかかってきた。長兵衛は摑《つか》んでいた男から匕首を奪いとり、長脇差を弾《はじ》いた。

髭面はよろけた。長兵衛はさらにその男の腰を蹴った。男は地べたに倒れ込んだ。長兵衛はすぐに長脇差を拾い、起き上がろうとした男の喉元に切っ先を突き付けた。

「おまえたちはどこの者だ?」

長兵衛は問いつめる。

「…………」

男は顔を背けた。

「言わないなら、二度と悪さが出来ないように利き腕を落とす」

長兵衛は長脇差の切っ先を髭面の男の右二の腕に当てた。

「待て」

背後から怒鳴り声が聞こえた。

振り返ると、ふたりがかりで吾平をつかまえ、大柄で強健そうな体の、前歯が突き出た男が吾平の喉に匕首を突き付けていた。

「親分」

吾平は情けない声を出した。

「長脇差を捨てろ」

前歯が突き出た男が言う。

「さあ、早くしろ。さもないと、こうだ」

吾平の喉に切っ先が当てられた。

「待て。手荒な真似はするな」

長兵衛は長脇差を放った。

髭面の男が急いで長脇差を拾って、長兵衛に向かって構えた。

「ちくしょう。礼をさせてもらうぜ」

髭面が眦《まなじり》をつり上げたとき、

「よすんだ」

激しい声に、髭面の動きが止まる。

三十過ぎとおぼしき目つきの鋭い男が吾平のほうに走り寄った。がっしりした体で、堂々としていた。そのうしろに三人の男が控えていた。

「放すのだ」

「なんだ、おまえは？」

前歯の突き出た男の声が震えた。

「天田《あまだ》の彦太郎《ひこたろう》だ」

男は名乗ってからさらに迫った。

「……………」

前歯の突き出た男が吾平に向けていた匕首を下げた。もうひとりの男も吾平の腕を放した。

吾平は長兵衛のもとに駆け寄る。

「親分」

「だいじょうぶか」

「へい」

「退《ひ》け」

いきなり髭面が叫び、柳原の土手のほうに逃げた。仲間もあとを追った。

長兵衛は五人が逃げ去ると、

「『天田屋』の親分さん」

と、近寄って頭を下げた。『天田屋』は『幡随院』と同じ人足派遣業だ。『幡随院』よりも抱えている人材は多い。彦太郎はそこの主人だ。まだ、三十半ばのはずだが、風格がある。

「危ういところを助けてもらって」

「なんの。出過ぎた真似をしたかと思っているんだ。長兵衛なら難なく相手をやっつけてしまうはずだからな」

彦太郎は笑みを浮かべて言う。

「とんでもない。親分のおかげです」

長兵衛はもう一度頭を下げ、

「吾平、おめえも礼を言うんだ」

と、吾平に顔を向けた。

「親分さん、ありがとうございました」

吾平が頭を下げた。

「おまえさん、親分をちゃんと守らなきゃだめだぜ」

「へえ、面目ありません」

吾平は小さくなった。

「なあに、今度から気をつければいい」

彦太郎は真顔になって、

「で、今の連中は何者なんだ」

と、長兵衛にきいた。

「博打で負けた男をいたぶるところだったようです。その男が助けを求めて……。おや」

長兵衛は辺りを見まわした。

「親分。手代ふうの男もどこかに消えてしまいました」

「なんだと。助けてやった男が礼も言わずにどこかに消えてしまったのか」

彦太郎が憤然と言う。

「博打絡みなんで、体裁が悪いのかもしれませんね。今日は助かっても明日からも心配ですが」

長兵衛はため息混じりに言い、

「彦太郎親分はどうしてこんなところに？」

と、きいた。

「そこの船宿の帰りだ。夜風に当たりながら柳原の土手から帰ろうとしたんだ」

「そうですか、じゃあ、いい心持ちのところにとんだ邪魔が」

「いや、あまり面白くない相手といっしょだったから息がつまりそうだった。だから、気分直しに夜風に当たっているだけだ」

彦太郎は苦笑した。彦太郎は顔が広い。長兵衛など足元に及ばないほどの人脈があるようだ。

「ところで、先代はどうしている？」

彦太郎は思いだしたようにきいた。

「隠居して、人形町通りに住んでいます。長唄を習ったりして、好きな女の方とのんびり暮らしています」

「そうか。去年寄合《よりあい》でお会いしたとき、ますます意気軒昂《けんこう》だった。だから、隠居したと聞いたときには驚いた。体でも悪くしたかと思っていたんだ」

「いたって、丈夫です」

先代である親父《おやじ》は妾《めかけ》のお染《そめ》と住んでいる。芸者上がりのお染に『小染』という呑《の》み屋《や》をやらせている。

ほんとうはまだ隠居する気などなかった親父に、お蝶が早く長兵衛に九代目を継がせようとして隠居を勧めたのだ。

「そいつはよかった。じゃあ、また、会おう」

長兵衛に言い、彦太郎は柳原の土手のほうに向かった。子分たちも長兵衛に会釈をして彦太郎のあとを追った。

「あのお方が天田の彦太郎親分ですか」

吾平が声を上擦らせた。

「そうだ。若いのに江戸の侠客《きようかく》じゃ一、二を争う親分さんだ」

「たいした貫禄ですね」

吾平は感心したように言う。

彦太郎も長兵衛と同じように若くして『天田屋』の跡を継いだ。それから十年ほどで、江戸で指折りの侠客になった。

長兵衛と吾平は花川戸の『幡随院』に戻った。

「お帰りなさい」

土間に、お蝶や番頭の吉五郎も迎えに出てきた。

「遅かったじゃありませんか」

お蝶がきいた。

「うむ。じつは五人のごろつきに絡まれていた男を助けたんだが」

長兵衛が言うと吾平が、

「あっしが捕まっちまって」

と、すまなそうに言う。

「相手は吾平ひとりに三人がかりで襲いかかったんだ。俺が油断していたんだ」

「いえ。あっしが……」

「吾平。そんなことは気にしなくていい」

吉五郎が口をはさみ、

「でも、よく切り抜けられましたね」

勝五郎が濯《すす》ぎの水を持ってきた。

上《あ》がり框《がまち》に座り、足を濯ぎながら、

「じつは天田の彦太郎親分に助けられたんだ」

「天田屋の……」

お蝶が聞きとがめた。

「柳橋の船宿の帰りだったようだ」

長兵衛は状況を話し、

「それにしてもたいした貫禄だ」

と、感心した。

「おまえさんだっていずれ彦太郎親分に負けない男になりますよ」

「いや、あの貫禄には到底及びもつかない」

お蝶は眉をひそめたが、すぐ笑みを浮かべ、

「私がきっと……」

お蝶は言いさし、

「それより、改めてお礼に上がらないと」

と、言った。

「姐さん、たまたま通りがかって助けてくれたんです。親分の話を聞いた限りでは、改めて礼に行くほどのことはないと思いますが」

吉五郎が口をはさむ。

「そうはいかないよ。いつか、江戸一番の俠客になろうっていう幡随院長兵衛なんだよ。

そこらへんの親分とは違うんだ」

お蝶はきっぱり言い、

「なんでもけじめはつけておかないとね。なにも親分が行くことはない。私が行ってきますよ」

「姐さん。だったらあっしが行きます」

吉五郎は長兵衛が右腕とも思っている番頭だ。元は武士だそうだが、詳しい話は誰にもしない。

「そうだね。女が出ていくのもおかしいものね。じゃあ、吉さんに頼もうかしら。吾平もいっしょにお行き」

「へえ」

吾平は返事をした。

長兵衛は部屋に上がり、居間に入った。

常着に着替えながら、お蝶に言う。

「なにもわざわざ礼に行くことはないと思うよ。よほどの状況で助けてもらったわけではないんだ。彦太郎親分が現われなくても、奴《やつ》らを追い払うことは出来た」

「わかっていますよ。助太刀なんていらないことぐらい」

お蝶は信頼しているように言い、

「いいかえ、天田屋の彦太郎親分は若いながら出来た男という評判なんだ。寄合なんかで他の親分さんの前で、幡随院長兵衛って男は助けてやったがその場限りでその後なんの挨拶もないなどと言われちゃ困る。逆に、義理堅い男だと話してくれたら、おまえさんの評判もあがりますよ」

「そこまでしなくても。彦太郎親分はよけいなことを言うひとじゃない」

長兵衛は苦笑する。

「おまえさんはこれからどんどん売り出していくんだよ。ちょっとしたことにもけじめをつけておくことが大事なんだよ」

初代の幡随院長兵衛から数えて九代目の長兵衛である。

初代の長兵衛が大名・旗本屋敷に中間を周旋する口入れ屋『幡随院』をはじめたのが二十五歳のときで、今から約百七十年前の正保《しょうほう》年間だ。

当時、旗本の中で役職につけない不満分子が市中で無頼を働き、旗本奴《はたもとやつこ》と呼ばれていた。この旗本奴に対抗したのが幡随院長兵衛らの侠客であり、町奴《まちやつこ》と呼ばれた。

初代長兵衛は市中で暴れる旗本奴をやっつけたので町の衆から絶大な人気を得たのだ。

幡随院長兵衛の名がさらに上がったのは、芝居になったからだ。

延享《えんきょう》元年（一七四四）に幡随院長兵衛を題材にした歌舞伎が上演された。その後もたびたび上演されている。芝居は事実とかけ離れ、だいぶ誇張されているが、町の衆には芝居の長兵衛と実在の長兵衛の区別はつかない。こうして、初代幡随院長兵衛は江戸の英雄になった。

九代目を継ぐにあたり、お蝶にはある企《たくら》みがあった。九代目を売り出すため初代の生まれ変わりだと世間に思わせようと、初代と同じ二十五歳で代を継がせた。そのために、まだ隠居なんてしねえと言い張っていた親父に引導を渡したのだ。お蝶は長兵衛を初代以上の男に仕立てようとしているのだ。

『幡随院』の跡目を父から継いで一年になる。初代と同じ二十五歳で、長兵衛は『幡随院』の九代目当主になった。

「天田の彦太郎親分のおかみさんは芝《しば》の勘太郎《かんたろう》親分の娘さんだったかしら」

お蝶が思いだしたように言う。

芝の勘太郎は芝口で人足派遣をしていた親分だ。その娘と所帯を持ったことが、彦太郎が顔を売るきっかけになったようだ。

「そうだ。お蝶と同い年くらいかもしれない」

「そう、じゃあ、私が好きなお菓子でも持って行かせましょうか」

「そうだな」

何がいいかしらと、お蝶は呟いた。

「まあ、任せる」

お蝶は親父が長兵衛の嫁にと連れてきた女だ。

自分の嫁は自分で探すと反発したが、お蝶と会って長兵衛の気持ちが変わった。

最初は、切れ長の目をした色っぽい容姿に惹《ひ》かれたが、思ったことをずけずけと口にするお蝶についていけなかった。

なにしろ、「あなたの男を上げるには私じゃないとだめね」とぬけぬけと言うのだ。

ところが、長兵衛に忠告する厳しい言葉は的を射ており、その裏にやさしさがにじみ出ていることに気づいた。

今やお蝶は長兵衛にとってなくてはならない存在になっている。

四

翌日、お蝶は吾平を伴い、浅草寺の雷門《かみなりもん》前にやって来た。

料理屋やうどん屋、そば屋、浅草餅などの食べ物屋が並んでいる。その中の、羽二重《はぶたえ》団子《だんご》を売る店に入り、手土産用に団子を買った。

羽二重団子を包んだ風呂敷包みを持って、お蝶は花川戸に向かった。さっきから、お蝶は気になって後ろを振り返っている。

「姐さん、どうかしたんですかえ」

吾平が訝しげにきいた。

「なんだか誰かに見られているような気がしてね」

「えっ」

吾平は顔色を変えて振り返った。

老若男女が行き交い、特に怪しい人物は見当たらない。

「気のせいかしら」

お蝶は顔を戻し、再び歩きだした。

しかし、吾平は何度も振り返った。

「気のせいよ」

「でも、昨日のこともありますから」

吾平は厳しい顔を辺りに向ける。

「こんな朝っぱらから、辻強盗《つじごうとう》でもないでしょう」

「へえ」

吾平は頷く。

吾妻橋が見えてきたとき、振り向いた吾平があっと声を上げた。

「どうしたんだえ」

お蝶はきいた。

「へえ、菅笠をかぶって尻端折《しりっぱしょ》りをした男が人陰に隠れたんです」

吾平は緊張した声で言う。

「別に私たちを見張っていたかどうかわからないでしょう」

「そうですが」

吾妻橋の袂を左に折れたとき、またも吾平が声を上げた。

「姐さん、さっきの男が」

橋のほうを見て、吾平が言う。

お蝶は橋に目をやった。

菅笠をかぶって尻端折りをした男が欄干に寄ってこっちを見ていた。

「さあ、行きましょう」

お蝶は急かした。

そのとき、地を蹴る音がした。お蝶ははっとして立ち止まった。斜め後ろから菅笠をかぶった男が突進してくるのが目に入った。手に何かが光った。

「姐さん」

吾平が菅笠の男に向かってぶつかっていった。

体当たりをして、吾平と菅笠の男がいっしょに倒れ込んだ。が、すぐに菅笠の男は立ち上がった。

その前に、お蝶は風呂敷包みを片手に腰を落とし、男が手放した匕首を拾っていた。

男がお蝶に迫ろうとして、お蝶が匕首を持っているのを見て立ち止まった。

「誰だい？　誰かに頼まれたのかい」

お蝶は匕首を構えて問いつめる。

そこに騒ぎを聞き付け、通行人が集まってきた。

「ちっ」

菅笠の男は後退った。

「お待ちよ。ほれ、忘れ物」

お蝶は匕首を放った。男は足元に転がった匕首を摑み、一目散に逃げだした。大川端を逃げていく男を見送りながら、お蝶はどこかで会ったことがあるような気がした。

吾平も立ち上がっていて、

「姐さん、ご無事で」

と、声をかけてきた。

「ああ、おまえのおかげで助かったよ。あら、怪我《けが》を」

吾平の腕から血が出ている。

「かすり傷です」

「ちょっとお待ち」

お蝶は風呂敷包みを吾平に預け、手拭いで傷口を縛って、

「さあ、早く帰って手当てを」

　と、『幡随院』に戻った。

「姐さん。どうしたんです」

　吉五郎が土間から飛び出してきた。

「吾平が怪我を。すぐ、了順《りょうじゅん》先生を」

　お蝶が叫ぶ。

「おい、誰か了順先生を呼んでこい」

　吉五郎が言うと、若い男が飛び出していった。

「吾平、だいじょうぶか」

　改めて、吉五郎が吾平に声をかけた。

「かすり傷です」

　吾平は顔をしかめて言う。

「無理するな。さあ、上がれ」

　吉五郎が吾平を部屋に上げたとき、奥から長兵衛が騒ぎを聞き付けて出てきた。

「吾平、どうしたんだ？」

　長兵衛は吾平にきいた。

「へえ、かすり傷です。たいしたことはありません」

吾平が答える。

「私が襲われたのを、吾平が守ってくれたのさ」

お蝶は吾平を頼もしげに見る。

「そうか。吾平、よくやった」

長兵衛は讃《たた》え、

「医者は呼んだのか」

「今、呼びにやっています」

吉五郎が答える。

すぐに、医者の了順がやってきた。

「了順先生。よろしくお願いいたします」

お蝶が了順を吾平のいる部屋に案内した。

長兵衛が居間に戻って煙草《たばこ》に火を点《つ》けたときにお蝶がやってきた。

「どうだ、吾平の傷は？」

「深手ではなかったので、痛みはすぐ引きそうです」

「そうか。それはよかった」

長兵衛は煙草をすってから、

「で、何があったのだ？」

と、事情をきいた。

「羽二重団子の店を出たときからずっとつけてきた男が、吾妻橋の袂を曲がったあとにいきなり匕首を構えて突進してきたのです。そのとき、吾平が……」

「羽二重団子の店を出てから気づいたようだが、もしかしたら、『幡随院』を出たときからつけていたのかもしれぬな」

長兵衛は眉をひそめる。

「たまたま、羽二重団子の店で見かけたのではなくて、はじめから私を狙っていた？」

「そんな感じがする。何か心当たりはないか」

「いえ。ただ」

お蝶は首を傾げ、

「笠をかぶっていて顔がわからないけど、どこかで会ったことがあるような気が……」

と、呟くように言う。

「若い男だそうだな。たとえば、お蝶に岡惚《おかぼ》れしていた男とか」

長兵衛はお蝶はさぞかし多くの男に言い寄られていただろうと思っている。

「いえ、違うわ。ただ、どこかで一度見かけたことがある程度よ。でも、そんな男に恨まれるとは思えない。誰かに頼まれたのだとしても、恨みを買うようなことは……」

お蝶は戸惑いぎみに言う。

「昨日、俺が助けに入った博徒たちと関わりがあるのだろうか」

長兵衛は疑問を口にし、

「ひょっとしたら、俺への恨みがお蝶に？」

と、顔をしかめた。

「それで私を襲うのは不自然よ」

「そうだな」

長兵衛は煙を吐き、煙管の雁首《がんくび》を長火鉢の縁に叩いて灰を落とした。

「親分、姐さん」

襖の向こうで、吉五郎の声がした。

「入ってくれ」

「へい」

吉五郎は襖を開けて入ってきた。

「じゃあ、これから『天田屋』の彦太郎親分のところに行ってこようと思います」

「吾平の代わりに誰かを連れていけば」

「なあに、あっしひとりで」

「そうはいかないよ。『幡随院』の番頭が供をつけずに外出するなんて」

お蝶は言い、

「誰か連れてお行きな。弥八《やはち》ならどう？」

弥八は小柄な細身で、二十六歳。軽業師上がりの盗人だった男だ。役人に追われているところを長兵衛が助けてやった。今は『幡随院』に奉公をしている。

「わかりました。弥八を連れていきます」

吉五郎は頭を下げた。


吉五郎と弥八が手土産の羽二重団子を持って神田の明神下にある『天田屋』に出かけた。ふたりとも丸に幡の字が書かれた半纏《はんてん》を着ていた。

長兵衛とお蝶がふたりを見送ったあと、勝五郎が近寄ってきた。

「親分」

「なんだ？」

「姐さんを襲った暴漢、あっしのことが原因じゃ？」

勝五郎は心配してきいた。

「いや、違う。気にしなくていい」

長兵衛は穏やかに言う。

「勝五郎」

お蝶が顔を向けた。

「いいかえ。おまえは今は幡随院長兵衛の子分勝五郎だよ。仮に、私が襲われたのがおまえのせいだとしても、親分が子分を守るのは当然じゃないか。よけいなことは考えなくていいよ。それに今日の賊は違うよ」

「わかりました」

勝五郎は安心したように頰を緩めた。

居間に戻って、長兵衛は長火鉢の前に腰を下ろした。

煙管をとりだし、刻みを詰めて火を点けた。目を細めて煙を吐きだす。

「おまえさん」

「なんだ？」

「彦太郎親分のおかみさんに会ったことはあるんですか」

「いや、ない。親父から聞いただけだ。彦太郎親分のおかみさんがどうかしたのか」

「いえ、どんなお方かと思って」

「気になるのか」

「天田の彦太郎親分を陰で支えているというおかみさんがどんなお方かと思って」

「芝の勘太郎親分の娘さんだ。しっかり者だろうぜ」

そのとき、襖の外で勝五郎の声がした。

「姐さんに、お時《とき》さんが勝手口にお見えです」

「そう、どうしたのかしら」

お蝶は世事に通じている。髪結いや湯屋《ゆや》から噂《うわさ》を聞いてくるだけでなく、近所のかみさん連中が常にお蝶のところに集ってきて、いろいろな話をしていくのだ。

お蝶は部屋を出ていった。

すぐ戻ってきて、

「お時さんのご亭主がまた暴れているそうなの。ちょっと行ってくるわ」

「あの酒呑みの亭主か」

長兵衛は顔をしかめた。

お蝶がお時のところに向かったあと、長兵衛は店に出た。帳場格子に座っている手代の幸助《こうすけ》が職探しの男の応対をしていた。

長兵衛は勝五郎に声をかけた。

「ちょっとそこまで出てくる。すぐ、戻る」

「へい。行ってらっしゃいまし」

長兵衛は家を出て、山之宿町《やまのしゅくまち》にある長屋に向かった。すると、長屋路地からお蝶が出てきた。

「あら、おまえさん。どうしたんですね」

お蝶が驚いてきいた。

「さっきの奴がまだこの辺りをうろついているかもしれないと思ってな」

「迎えにきてくれたのね」

「まあ」

長兵衛は照れたように顔を手でこすった。

「ねえ、川っぷちを散策しながら帰りましょう」

お蝶は小娘のように弾んだ声で言う。

大川の波打ち際に出た。風があるのか、波が打ち寄せている。すっかり秋の風景だった。

ふと、長兵衛は振り返った。草むらからコオロギの鳴き声がした。

「どうかして？」

お蝶がきく。

「いや、気のせいのようだ」

ひとの気配を感じたのだ。が、見まわしても、人気《ひとけ》はない。少し過敏になっているのかもしれない、と長兵衛は思った。

五

翌朝、朝餉《あさげ》のあと、長兵衛は居間でお蝶とくつろいだ。

「吉五郎の話では、彦太郎親分がお蝶のことに感心していたそうだ」

長兵衛は煙草をくゆらせながら言う。

「羽二重団子だけで、褒められるなんてこそばゆいですよ。それに、私が褒められても仕方ないわ。おまえさんじゃなければ」

「まあ、いいじゃないか」

「でも」

お蝶はちょっぴり不服そうだった。

長兵衛の男を売ることが、お蝶の願いなのだ。

「親分」

襖の向こうから、勝五郎の声がした。

「河下の旦那がお見えです」

「河下の旦那が」

長兵衛は眉根を寄せた。同心の河下又十郎だ。

「客間にお通しして」

「へい」

勝五郎が下がっていった。

「いったい、なんの用だ」

河下又十郎がやってくるときはいやな報《しら》せのほうが多い。いい報せを持ってくることはほとんどない。長兵衛の胸に微《かす》かに不安が萌《きざ》した。

「でも、そんなたいしたことではないでしょうよ」

お蝶が微笑んで言う。

煙管の雁首を長火鉢に叩いて灰を落として、

「ちょっと会ってくる」

と、長兵衛は立ち上がった。

客間に入っていくと、又十郎は厳しい顔で待っていた。

「お待たせいたしました」

長兵衛は向かいに腰をおろし、

「また、何かありましたかえ」

「うむ」

又十郎は先が尖《とが》って下に曲がっている鷲鼻《わしばな》をつまんだ。面白くないときの癖だ。

「あまりいい報せではない」

「そうでしょうね」

長兵衛は頷き、

「なんでしょう」

「昨日、吾妻橋の袂でお蝶が襲われたそうだな」

「へえ。どうしてそれを？」

「木戸番《きどばん》の番太郎が見ていたんだ」

「そうでしたか」

「なぜ、自身番《じしんばん》に届けなかったんだ？」

「吾平が傷を負ったのでその手当てにかまけて。旦那、それがどうかしたんですか」

「襲った相手の顔は見たのか」

「いえ、菅笠をかぶっていたそうで、顔ははっきり見ちゃいません」

「襲った男に心当たりは？」

「いえ、まったくないそうです。旦那」

長兵衛は逆にきいた。

「その男のことを調べているのですか」

「うむ」

又十郎は厳しい顔をし、

「じつは繁蔵の子分の定吉って男が牢抜けしたのだ」

「定吉?」

「情婦のお紺と間違えてお蝶に声をかけた男だ」

「………」

長兵衛は思わず顔をしかめた。

「繁蔵一味で死罪以上の者は五人。あとの五人は遠島だ。定吉は遠島で、船待ちのために牢屋敷で待機していた」

「小伝馬町の牢屋敷から牢抜けなんて出来るんですかえ」

長兵衛は疑問を口にした。

「火事があれば、三日以内に戻るようにと言いつけて両国《りょうごく》回向院で囚人を解き放ちにするそうですね。そのときだったら逃げられましょうが。火事などなかったはずですが?」

「うむ」

「いったい、どうやって牢抜けしたんですね」

「病気だ。牢内で苦しみだした。牢屋敷内の療治室で治療したが、よくならないので浅草の溜《ため》に運ぶことになった。その途中を襲われたのだ」

溜は重病になった囚人のための療養所である。囚人だけでなく、行き倒れや無宿者の病人も受け入れている。浅草寺の裏手のほうにある。

病人は畚《もっこ》に乗せられて運ばれるのだ。

「新堀川から浅草田圃《たんぼ》に出て溜に向かう途中、三人組の賊が現われ、警護の役人を斬り、畚を担いでいた男ふたりを追い払い、畚から定吉を出して、そのまま逃げたということだ。あっという間のことだったらしい」

「いつのことですね」

「五日前だ」

「五日前……。苦しみだしたのは仮病だったんですね。どうして牢屋医師も騙《だま》せたのですか」

長兵衛は疑問を口にした。

「届け物の中に体を痙攣《けいれん》させる薬が入っていたのではないかというのが牢屋同心の見立てだが、定吉は牢に入ってから食欲がなく、夜中にうなされたり、異様な様子だった。そういうこともあって、牢屋医師も騙されたのだ」

又十郎は口元を歪めた。届け物とは差入《さしいれ》のことだ。牢見舞いといい、飯や肴《さかな》などの食べ物や手拭い、塵紙《ちりがみ》などが届けられた。

「でも、なぜ、そのことをあっしに知らせに？」

そうきいたあとで、長兵衛ははっとした。

「昨日、お蝶を襲った男が定吉だと言うんですかえ」

「おそらく、そうではないかと思っている。それに」

又十郎は続けた。

「『幡随院』のお蝶を許せないと、定吉が言っていたのを同囚の者が聞いていたのだ。定吉は自分の失態から一味が捕まり、繁蔵が獄門になったことで責任を感じ、そのぶんお蝶に激しい恨みを抱いていたようだ」

「………」

「おそらく、お紺も定吉以上にお蝶を恨んでいる。お紺は繁蔵にかなり入れ込んでいたらしいからな」

「お蝶に復讐するために、お紺は定吉を助けたというわけですね」

「まさかと思っていたが、現にお蝶が襲われたと聞き、ひょっとしたらと思ってな」

「逃げたのは定吉だけですか」

「そうだ、定吉だけだ」

「他の仲間は？」

「五人がすでに死罪以上になっている。今牢屋敷にいるのは遠島になる者だ」

「繁蔵一味は全員捕まったわけじゃなかったんですか」

「全員捕まえた」

「じゃあ、畚の定吉を奪った三人というのは？」

「繁蔵の子分ではない。取り調べで厳しく問いつめた。捕まえた者以外に子分はひとりもいないことは間違いない」

「お紺が新しく仲間を集め、定吉を助けたというわけですか」

「そうだろう。繁蔵と親しい仲間とも考えられるが、お紺が主導しているに違いない」

又十郎は厳しい顔で言う。

「お蝶に仕返しをしようなんてお門違いだ」

長兵衛は憤然と言う。

「まだ、お蝶を襲った男が定吉かどうかはわからない。定吉にしても、娑婆《しゃば》に出られたのだ。仕返しをするために江戸に残るより、早く江戸を離れたいと思うかもしれぬ」

「いや、牢抜けのお膳立てをしたのが情婦のお紺でしょう。お紺が繁蔵の恨みを晴らすために定吉を逃がしたのでしょう。定吉はお紺の意に従うはずです」

「うむ」

「今、お蝶を呼びます」

長兵衛は手を叩いた。

「お呼びで」

襖の外で、勝五郎の声がした。

「お蝶をここに」

「へい」

勝五郎が去っていく気配がし、しばらくして、

「失礼いたします」

と、お蝶が顔を出した。

「ここへ」

長兵衛が言う。

「河下の旦那、ご無沙汰しています」

お蝶が頭を下げた。

「お蝶、繁蔵の子分の定吉という男が牢抜けしたそうだ」

長兵衛が言う。

「定吉……」

「繁蔵の情婦と間違えて、お蝶に声をかけた男だ」

又十郎が口を入れた。

「あの男が牢抜け？」

「そうだ。五日前だ。急病の定吉を畚に乗せて浅草の溜に運ぶ途中、三人の賊に襲われ

た。畚から出して連れ去られた」

又十郎はお蝶の顔を見つめ、

「未《いま》だに、行方は摑めていない」

と、顔をしかめた。

「急病というのは？」

「体を異常な症状にする薬があるのかわからんが、定吉は差入れされた物の中にあった薬を飲んだに違いない。差入れしたのが誰か、今も調べを続けているが、まだわからぬ」

お蝶は深呼吸をして、

「そうですか。それで定吉が私に仕返しをすると？」

と、確かめるようにきいた。

「昨日、襲われたそうだな。笠をかぶっていて顔はわからなかったそうだが、どうだ？定吉に似ていなかったか」

又十郎は厳しい顔できいた。

「ええ、定吉かもしれません」

お蝶は素直に答えた。

「ほんとうか」

又十郎は目の色を変えた。

「どこかで会ったことのあるような男だと思っていました。ひょっとして私に間違えて声をかけてきた男かとも考えましたが、牢内にいるから違うと。でも、牢抜けしていたとなったら、合点がいきます」

「やはり、定吉に間違いないか」

又十郎は呻くように言った。

「おそらく、間違いないでしょう」

「向こうが勝手に間違えたくせして」

長兵衛は吐き捨てる。

「確かに、向こうが勝手に間違えたにせよ、私がよけいな真似をしなければ繁蔵一味が壊滅することはなかった。そう思うと、私が憎いでしょうね」

お蝶は動じることなく答える。

「しばらく、ひとりで外出するのは避けるんだ」

長兵衛が言う。

「奉行所でも、これから『幡随院』の周辺を警戒するつもりだ。定吉の人相はわかっているから」

「いや」

長兵衛は溜《た》め息《いき》をつく。

「何だ？」

又十郎がきく。

「定吉を助けた三人の男はお紺に雇われた連中でしょう。この三人もお蝶を狙うかもしれませんぜ」

「うむ」

又十郎は唸《うな》り、

「問題はお紺か」

と、顔をしかめた。

「お紺は繁蔵に惚れ抜いていたのかもしれませんね。そうだったら、私に対する恨みはかなりのものでしょう」

「筋違いだ」

長兵衛は吐き捨てる。

「お紺にしたら、繁蔵を失ったやりきれなさを誰かにぶつけないと気持ちが治まらないのでしょう。定吉は自分の過ちから一味を壊滅させてしまったという思いで私に恨みを向けているのでしょう」

お蝶は冷静に言った。

「三人の人相はわかっていないんですか」

　長兵衛はきいた。

「わからない。ふいを衝《つ》かれて、笠をかぶっていたし、警護の牢屋同心も身を守るだけで精一杯だったようで、何も覚えていないのだ」

「届け物があったということですが、押込みの一味の者に差入れする者がいるんですかえ。仲間と思われかねないじゃないですか」

「届け物をしたのは夜泣き蕎麦《そばや》屋の喜助《きすけ》という男だ。喜助を問いつめたら、客の女に頼まれたと言っていた」

　届け物をする者は牢屋敷玄関脇で品物を検《あらた》められる。そこでは何も引っ掛からなかったという。

「女？　お紺ですか」

「美しい女だったというからお紺に間違いないだろう。届ける品はその女が用意したそうだ、喜助はたんまり金をもらったという。それから、牢屋同心たちへの付け届けも預かったと言っていた」

「牢屋同心の調べが甘くなった可能性もありますね」

「うむ」

「喜助はほんとうのことを話しているんですかえ」

長兵衛は確かめる。

「そう思うが」

「女の名は知らないのですね」

「名乗らなかったそうだ」

「夜泣き蕎麦屋はどこに出ているんですか」

お蝶がきいた。

「浜町堀《はまちようぼり》の汐見橋《しおみばし》の袂だ。どうするのだ?」

又十郎はきいた。

「ほんとうにお紺に頼まれたのか確かめてみます」

「確かめる?」

「私の顔を見れば、何か反応を示すでしょう」

「だめだ。外出は控えろ」

又十郎が強く言う。

「いえ。私に向けられた攻撃です。このまま手を拱《こまね》いているわけにはいきません」

「だが」

又十郎が続けようとしたのを、

「旦那」

と、長兵衛が制した。

「お蝶がこうと決めたら一歩もあとには引きません」

「危険だ」

「あっしがいっしょに行きます。旦那、お蝶はあっしが必ず守ります」

長兵衛は真顔だ。

「わかった。必ず、誰かを付けるんだ。俺たちもどこかで見守る」

「はい。ありがとうございます」

「では」

立ち上がった又十郎を戸口まで見送った。

外に出た又十郎は辺りを見まわしてから引き上げていった。

「吉五郎、ちょっと来てくれ」

長兵衛は吉五郎を居間に呼んだ。

長火鉢の前に座って、長兵衛は切りだした。

「繁蔵の子分の定吉って男が牢抜けしたそうだ。この定吉は、繁蔵の情婦と間違えてお蝶に声をかけてきた男だ」

「なんですって」

吉五郎は顔色を変えた。

「五日前、急病で畚に乗せて浅草の溜に運ぶ途中、三人の賊が襲って、定吉を逃がしたそうだ」

経緯を説明する。

「じゃあ、昨日、姐さんを襲ったのは定吉……」

「その可能性が高い。自分の過ちで繁蔵一味が壊滅してしまった。その恨みを、お蝶に向けているのだ」

「なんて身勝手な野郎だ」

吉五郎は吐き捨てた。

「『幡随院』の周辺で、お蝶を見張っているのだ。皆にも十分に警戒するように話してもらいたい」

「わかりました」

「牢抜けした定吉には奉行所の手がまわっている。自由には動けまい。他の仲間が代わりに襲うかもしれない」

長兵衛は念を入れて警戒するように訴えた。

第二章　襲撃

一

暮六つ（午後六時）の鐘が鳴りはじめた。

長兵衛とお蝶は浜町堀にかかる汐見橋にやってきた。提灯《ちょうちん》の明かりが暗がりに浮かんでいた。

屋台に客はいなかった。

「じゃあ、おまえさん」

「うむ。俺はここで待っている」

長兵衛は足を止めた。

お蝶は屋台に向かった。長兵衛は辺りに目を配る。ここまでつけられている気配はなかった。少し離れたところに、吉五郎と弥八が控えていた。護衛についてきたのだ。

屋台に目をやる。お蝶の背中が見える。亭主が何か話している。

長引いている。不審に思って、長兵衛は屋台に近づいた。

お蝶の声が聞こえる。

「ねえ、誰に頼まれて定吉って男に差入をしたんだえ」

「だから、客の女ですよ」

「その女とは顔見知りなの？」

「いえ、初めてですよ」

「会うのも？」

「そうです」

「それで、差入をすることを頼まれた？」

「そうです」

「どうして引き受けたの？」

「金ですよ。すみません。もういいでしょう。八丁堀の旦那にもさんざんきかれてうんざりしているんですから」

亭主は顔をしかめている。五十近い男で、鬢《びん》も白く、顔にも皺《しわ》が目立った。

橋を渡ってきた職人ふうの男がふたり、屋台のほうに足を向けた。

長兵衛はその場を離れた。

しばらくして、お蝶も屋台から出てきた。

「おかしいわ」

お蝶は不審げに続けた。

「私の顔を見ても、何の反応も示さないの」

「どういうことだ?」

「あの亭主、お紺さんに会っていないんじゃないかしら。定吉も『山代屋』の主人も番頭も私の顔を見てお紺さんと勘違いした。でも、あの亭主だけは……」

「お紺に頼まれたのではないのか。別の女か」

長兵衛は首を傾げた。

浅草御門から蔵前に差しかかったときに吉五郎と弥八が追いついてきた。

お蝶が声をかける。

「ごくろうさま」

「へい」

ふたりが軽く頭を下げた。

花川戸に近づいたとき、ふいに吉五郎が立ち止まった。

「親分」

「誰かいるな」

前方の暗がりにひとの気配がした。

吉五郎がそのほうに駆けだすと、黒い影が飛び出し、山之宿町のほうに向かって逃げた。

吉五郎は途中で追うのを諦めた。

長兵衛とお蝶は『幡随院』に戻った。

「お帰りなさいまし」

すっかり傷の癒えた吾平と勝五郎が迎えに出た。

「怪しい奴が近くに潜んでいた。戸締りを厳重にし、ときたま夜回りをするんだ。人足たちにも手伝ってもらえ」

吉五郎が言う。

「わかりました」

吾平と勝五郎は住まいの長屋に向かった。

「姐さん、あっしらが十分に警戒しますので安心してお休みを」

吉五郎がお蝶に言う。

「ありがとう」

「吉五郎、頼んだ」

長兵衛は声をかけ、居間に入った。

着替えを済ませ、長火鉢の前に落ち着いた。

「それにしても妙だな」

長兵衛が首をひねる。

「うむ。お紺に会っているならお蝶を見て、すぐにお紺だと思うはずだ。仮に、お紺ではないとすぐわかったとしても、似ていることに戸惑うだろう」

長兵衛は疑問を口にしたが、

「ただ、お紺ではない別の女が喜助に頼み込んだとも考えられなくはない。なぜ、そうしたのかわからないが」

と、呟く。

「喜助の言うことがほんとうだとすれば、もうひとりの女が登場したことになるけど」

「お紺はその女を使って喜助に頼み込んだのか」

「そうですね」

「喜助について調べてみよう。浜町堀に屋台を出しているなら親父が知っているかもしれない。親父は意外と屋台の蕎麦も食べるからな」

長兵衛は期待して言う。

「すみません」

お蝶が殊勝な様子で頭を下げた。

「どうしたんだ？」

「おまえさんをよけいなことに巻き込んでしまって」

「亭主の喜助ね」

「何を言うんだ。お蝶が悪いんじゃない。どんな野郎が相手でも、お蝶は俺が守る」

長兵衛は力んで言う。

「おまえさん、ありがとう」

「なに水臭いことを言っているんだ。俺がおめえを守るのは当たり前だ」

「うれしい」

お蝶は声を弾ませたが、

「天下の幡随院長兵衛の女房が逆恨みに負けたりしないわ」

と、凛《りん》とした表情になって言った。


翌日の夕七つ（午後四時）過ぎ、再び浜町堀にかかる汐見橋までやってきたが、今日はまだ夜泣き蕎麦屋は出ていなかった。

長兵衛は橋を渡り、人形町通りにある『小染』という呑み屋の前に着いた。店が開くのはもう少ししてからで戸は閉まっている。

裏にまわって、庭に入る。静かだ。障子も閉まっているので、親父は出かけているのかと思ったが、「痛え」と声がした。続けて、「申し訳ありません」という声が聞こえた。

座頭《ざとう》の徳《とく》の市《いち》の声だ。どうやら揉《も》み療治を受けているようだ。

縁側に腰を下ろして、揉み療治が終わるのを待つ。

庭には萩《はぎ》の花が咲いている。

「長兵衛か」

部屋の中から親父の声がした。

「ええ、長兵衛です」

「上がってこい。今、徳の市に揉んでもらっているところだ」

「じゃあ。待たせてもらいます」

長兵衛は沓脱《くつぬ》ぎから縁側に上がった。

障子を開けると、親父はうつ伏せになって徳の市に体を揉んでもらっていた。

「長兵衛、何かあったか」

親父がきいた。

「終わってからでいいので。ゆっくり治療してもらって下さい」

長兵衛は煙草盆を引き寄せ、煙草入れから煙管を出した。刻みを詰めて煙草盆を持ち上げて火を点けた。

ときどき親父はつぼを押されて呻き声をもらしている。

煙草をくゆらせていると、お染が部屋に入ってきた。

「あら、長兵衛さん。いらしゃっていたの？」

お染が言う。芸者上がりのお染は四十に近いが、まだまだ艶っぽい。

「ちょっと前に」

　長兵衛は応じる。

「旦那、庭の枝を伐《き》っていて腰を痛めてね」

　お染が苦笑して言う。

「へい、お疲れさまでした」

　徳の市の声がした。

「ありがとうよ」

　親父は起き上がって、

「すっきりした」

　と、肩をまわした。

「徳の市さん、いつもご苦労さま」

　長兵衛が言うと、徳の市は見えない目を向けて、

「長兵衛親分さん。こちらこそお世話になっております」

　と、頭を下げた。

「徳の市さん。今、お茶をいれますからゆっくりしておいきな」

「へい」

　徳の市は頷く。

「長兵衛、何か用か」

「ちょっとききたいことがあります」

「私は退散しましょうか」

徳の市が気を利かせる。

「いや。気にしないでいい。たいしたことじゃない」

長兵衛は声をかけた。

「そうですか」

「なんだ、ききたいことって？」

親父がきいた。

「汐見橋の袂に夜泣き蕎麦屋が出ているのを知っていますか」

「ああ、知っている。ときたま、食べに行く」

「そうですか。亭主はどんな男ですね」

「喜助っていう四十半ばぐらいの男だ。若い頃は賭場に出入りしていた。その頃に何度か会ったことがあるようだが、俺は覚えちゃいなかった」

「どこに住んでいるか知っていますか？」

「横山町《よこやまちょう》だとか言っていたな。詳しい場所はわからない。喜助がどうかしたのか」

「いや、ただどんな男か気になっていまして」

お染が湯呑みを徳の市と長兵衛の前に置く。

「おかみさん、こいつは」

徳の市は匂いをかいで戸惑ったように言う。

「いいじゃないか。徳の市さんも強いんだろう。そのぐらい呑んでも顔色も変わらないでしょう」

「へえ、おそれいりやす。じゃあ、遠慮なく」

徳の市は喉を鳴らして酒を呑む。

「長兵衛、喜助はある女に頼まれて小伝馬町の牢屋敷の囚人に届け物をしたそうではないか。その囚人が牢抜けしたのだな。そのことと何か関わりがあるんじゃないのか」

親父が真顔になってきいた。

「誰から聞いたんですね」

「喜助からだ。八丁堀から執拗《しつよう》にきかれたと言っていた」

「喜助が……」

「どうなんだ?」

「じつはそうなんです。届け物を受け取った囚人が数日後に苦しみだして浅草の溜に運ばれることになり、その途中、何者かが襲ってその囚人を連れ去ったんです」

長兵衛は説明した。

「その襲撃のとき」

　いきなり、徳の市が口をはさんだ。

「私はその近くにおりました」

「なに、おまえさん、見ていたのか」

　親父は言ってからあわてて、

「すまねえ」

　と、謝った。

「いえ。何があったのかはわかりません。大勢が争っている声が聞こえました。目明《めあ》きでしたら、私はその場で殺されていたかもしれません」

「徳の市さん、何か手掛かりでも？」

「残念ながら何も」

　徳の市は色白の顔を横に振った。

「ただ」

「ただ、なんですね」

「賊の男の声を聞きました。私に向かって、見えなくて助かったな、と言ったんです。その声の特徴は覚えています」

「そのことは八丁堀には言ったのかえ」

長兵衛が確かめる。

「言いましたが、相手にしてもらえませんでした。顔や体つきならともかく、声だけですから」

「声だけで、体つきを想像することはできるか」

「永年の勘で。体を揉んでいるときに聞く声から、だいたいの想像はつきます」

「どんな体つきだ？」

「大柄で、頑丈そうな体でした」

「大柄だとどうしてわかるのだ」

「声が私の頭の少し上から聞こえました。それから、腹の底から出るような野太い声はそれなりの体をしていないと」

「なるほど」

長兵衛は頷き、

「もし、どこかでその男と鉢合わせしたら、教えてくれ」

「わかりました。では、私はこれで」

徳の市は頭を下げ、

「ごちそうさまでした」

と、挨拶をして腰を上げた。

「すまなかったな。また、頼む」

親父が声をかける。

「徳の市さん。はい、これ」

「ありがとうございます」

お染から療治代を受け取り、徳の市は引き上げていった。

「長兵衛、牢抜けした男と何かあるんだな。なんだ？」

親父がきいた。

「お蝶が狙われているんです」

長兵衛は事情を説明した。

親父は顔色を変えて聞いていたが、

「そんなことになっていたとは」

と、絶句した。

「いいか、長兵衛。お蝶を必ず守るんだ。おめえにはお蝶が必要なんだ」

「わかっています」

徳の市を見送って戻ってきたお染が、

「お蝶さんを誰も知らないところに移したら」

と、口を入れた。

「それも考えないではありませんが、場所を突き止められないとは言い切れません。万が一を考えれば、あっしの目が行き届くところにいたほうが」

「そうね」

暮六つの鐘が鳴りはじめた。

「もう屋台は出ているでしょうから」

長兵衛は立ち上がった。

「俺で出来ることがあればなんでもするから、遠慮せず言うんだ」

「ありがとうございます」

長兵衛は外に出た。

『小染』に暖簾《のれん》がかかり提灯の明かりが輝いていた。

汐見橋に行ったが、まだ屋台は出ていなかった。

四半刻（三十分）待っても、夜泣き蕎麦屋は現われない。長兵衛は諦めて引き上げた。

二

水戸家下屋敷の裏手にある一軒家に、お紺と定吉が隠れ住んで十日ほど経った。

友三郎が見つけてきてくれた家だ。住込みの婆《ばあ》さんが飯の支度や洗濯をしてくれている。友三郎から言いつかっているのか、婆さんはふたりに必要なこと以外は話しかけてくることはない。

定吉は濡れ縁で呆然《ぼうぜん》と庭を見ている。庭の萩を見ているのか。

「定吉、どうしたんだえ」

お紺は声をかけた。

「そろそろ、仲秋《ちゅうしゅう》の名月ですね」

定吉がぽつりと言う。

「去年のことを思いだしているんだね」

お紺も胸を詰まらせた。

「ええ。入谷の家に皆が集まって月見の宴《うたげ》をしました。おかしらもずいぶんお酔いになって、姐さんの三味線で端唄《はうた》をお唄《うた》いなさった」

「ええ、おかしらは気分がいいとすぐ私に三味線を弾かせたわ」

お紺もなつかしく思いだす。

「兄貴たちも卑猥《ひわい》な唄を唄って盛り上がっていた。おかしらの天下は永遠だと思ってましたよ。それなのに」

またも、定吉は自分を責めた。

「よりによって、あの女が……」

定吉は胸を掻《か》きむしった。

「全部、俺のせいだ。俺がおかしらを殺したようなものだ」

「おまえだけのせいじゃないよ。おまえから話を聞いたあと、あの女の動きを見張っておくべきだったんだ」

お紺も何度も同じ繰り言を続ける。

「それより、神頼みをしようとした私が間違っていたのさ。押込みなどという外道《げどう》の振る舞いがうまく行くようにと神様に頼むなんて……」

お紺はなぜかあのときは不安に駆られていたのだ。胸騒ぎがしてならず、神頼みをした。それが徒《あだ》になった。

「違います。姐さんのせいじゃねえ。俺がいけないんだ。ひと違いをした上に、よけいなことまで口にしてしまって。『山代屋』の名など出さなければあんな大事《おおごと》にならなかったんだ」

定吉は血反吐《ちへど》を吐くように呻く。

「だから、ふたりであの女に恨みを晴らすのさ。そうじゃなければ、あの世に行ったとき、おかしらや皆に顔を合わせられないからね」

「ええ。牢内で、あっしは怒りと後悔と申し訳なさでもがき苦しんでいました。姐さんのおかげで、恨みを晴らす機会を与えられたんです」

定吉は言ったあとで、

「ところで姐さん。友三郎さんは何者なんですね」

と、きいた。

畚に乗せられて浅草の溜に運ばれる途中、友三郎たちが急襲して定吉を助けたのだ。

「善次さんが世話をしてくれたひとだよ」

「助け出されて、そのまま入谷の隠れ家に連れていかれたので驚きました。あの隠れ家はまだ見つかっていなかったんですね」

「ええ。すぐ見つかると思って、金だけは運び出したのさ。でも、あとで調べたら手入れを受けた様子はなかった。おかしらはもちろんだけど、隠れ家のことは他の誰も口を割らなかったんだね」

「ええ、皆、姐さんだけは守ろうと思っていたんですよ」

「そうだね」

お紺には胸の底から突き上げてくるものがあった。

皆家族のようなものだった。繁蔵は世間でまっとうに生きていけない連中の面倒を見てきたのだ。

入谷の隠れ家で着替え、髭を剃《そ》り、髪を整えた定吉は、その日の夜に隠れ家を出て、この小梅村《こうめむら》の家にやってきたのだ。

「お蝶に迫ったとき、一瞬、姐さんのように思えて動きが鈍くなっちまった。そこに供の男に体当たりされた。あのとき、何も考えずに突進していたら……」

定吉は悔しそうに言う。

「でも、お蝶は私たちが命を狙っていることに気づいた。毎日、怯《おび》えて暮らしているはず。これも復讐よ」

「ええ。でも、そろそろ決着をつけねえと」

定吉は言い、

「いっそ、『幡随院』に忍び込んでみようかと」

と、目を鈍く光らせた。

「『幡随院』には男連中がたくさんいるし、無理。お蝶がどこの部屋にいるかもわからない。それに、あそこには長兵衛もいるし」

「それなら」

定吉は思いついたように、

「『幡随院』の母屋に火を放ち、飛び出してくるのを待って襲ったらどうだろうか」

と、口にした。

「火はおよし」

お紺は言う。

「でも、家に閉じこもっているお蝶を外に追い出すにはそれしか手立てがないんじゃ？」

「火が出たとなれば、狙いは想像がつく。外に出てきたときには護衛の男に囲まれているはず。警戒させては襲撃は難しいよ」

「…………」

「それに付け火なら火盗改めが乗り出してくるはず。最初、おまえを牢抜けさせるために付け火の案を話したら、かえって探索が厳しくなるから無理だと却下された。付け火はやれない」

「じゃあ、どうしたら……」

「もう私たちだけでは無理。友三郎さんたちの手を借りなければ」

お紺は逸《はや》る定吉に抑えるように言う。

「友三郎さんがどこまでやってくれるんですか。あのひとたちにとっちゃ、所詮、他人《ひと》事《ごと》じゃないんですかえ。単に金で繋がっているだけなんでしょう」

「だったら、もっと金を出せばいい」

「これから先のことを考えたら金は必要です」

「私は皆の仇をとれればそれでいいの。お金なんていらないよ」

「姐さん」

定吉は口調を改めた。

「世間の持て余し者だった俺は自棄《やけ》になって喧嘩ばかりしていた。深川で、地回りの連中と喧嘩になって袋叩きにあった。殺されると覚悟したとき、おかしらが助けてくれたんだ。ひとりで地回りの連中を叩きのめして、助けてくれた。そのとき、俺はこのひとについて行くんだと決めたんです」

定吉は息を継ぎ、

「姐さんはそのおかしらが惚れた女なんです。おかしらのためにも、姐さんには生きていてもらいたいんです」

「冗談じゃないよ。おかしらのいない世の中になぞ未練はないよ」

「そうじゃねえ。姐さんには生きてもらって、おかしらの菩提を弔ってもらいたいんです。ついでにあっしや仲間の供養も」

「それならおまえだって生きて……」

「無理です。あっしは牢抜けしているんです。奉行所は地の果てまでも追ってきます。捕まって死罪です」

「定吉」

お紺は愕然《がくぜん》とし、

「あのまま牢に留《とど》まっていたら、島送りになり、どこぞの島で生きていくことは出来たのに。私が、よけいな真似をして牢抜けさせたばかりに」

「姐さん、それは違いますぜ。あっしは死んだも同然だったんです。毎夜、おかしらや死罪になった兄貴たちの顔が夢に出てきて。どこその島に流されても苦痛と後悔の日々が続くだけです。生きる屍《しかばね》でしかありません。あっしはやっと今、仇を討つ機会に恵まれた。仇を討ちさえすれば、もはやこの世に未練はありません」

定吉は頰のこけた顔に朱を浮かべて訴えるように続けた。

「だから、姐さんにはもっと生きてもらいたいんです。どうか、おかしらの菩提を弔ってやってくだせえ」

「定吉……」

繁蔵を慕う定吉の思いがひしひしと伝わり、お紺は胸が締めつけられた。

床下でコオロギが鳴き出した。寂しく悲しげに聞こえてくる。

格子戸が開く音がし、

「邪魔するぜ」

友三郎の声がした。

お紺は涙を拭って立ち上がった。友三郎が部屋に入ってきた。

「どうした？」

お紺の顔を見て、友三郎は不思議そうにきいた。

「なんでもないよ」

「おかしらのことを思いだしていたんです」

定吉が濡れ縁から部屋に戻った。

「友三郎さん、何か」

「まあ、座れ」

部屋の真ん中で、友三郎はあぐらをかいた。

お紺と定吉も腰を下ろした。

「あのお蝶って女は近所の女たちから頼りにされている。先日も、山之宿町に住むお時という女の酒呑みの亭主が暴れていると聞いて、お蝶は駆け付けているのだ」

「…………」

「わからねえか」

友三郎は口元を歪めた。

「酒呑みの亭主を使ってお蝶を誘《おび》き出すんですか」

お紺がきく。

「そうだ」

「でも、亭主が引き受けてくれるんですか」

「今、仲間が亭主に近づいている。金で、なんでもやってくれそうだと言っていた」

「金で？」

「そうだ。酒呑みは酒を餌にすればすぐ乗ってくる。酒手が喉から手が出るほど欲しいはずだ。まあ、まさかお蝶を殺すために誘き出すとは思ってもいないだろうが」

「でも、うまく誘き出せるんですか」

定吉が疑ぐり深そうにきいた。

「亭主に暴れさせ、お時にお蝶を呼びに行かせる」

「でも、警戒しているはず、供を連れてくるんじゃないかえ」

お紺が口をはさむ。

「もちろん、ひとりでは出てこないだろう。だが、供の連中は俺たちが抑える。その間に、おめえたちがお蝶を殺《や》るんだ」

「わかりました」

定吉は拳を握りしめた。

友三郎は立ち上がり、

「じゃあ、明日中に段取りをつける。出来たら、明後日《あさって》には実行する。そのつもりでいてくれ」

と、言った。

「見送りはいい」

友三郎は部屋を出ていき、やがて戸が閉まる音がした。

定吉は立ち上がり、様子を見に行った。

戻ってきて、

「引き上げていきました」

と、難しい顔で言った。

「どうしたんだえ」

「ええ」

定吉は眉根を寄せ、

「あの友三郎って男、ずいぶんいろいろなことをしてくれていますけど、ほんとうに信用できるんですかえ」

「どういうことだい」

「今の話もそうです。呑兵衛《のんべえ》の亭主を利用しようと企んでいますが、どうしてそこまであっしらのためにやってくれるんですかえ」

「それはお金のためだよ」

「確かに半端じゃねえ金を渡していますが……」

「どうしたのさ。何が気になるんだね」

お紺は不安そうにきいた。

「どこがどうってことじゃないんです。なんとなくでして。たぶん、あの男の素姓《すじょう》がわからないせいかもしれません。友三郎って何者なんですかえ」

「知らない。でも、善次さんが世話をしてくれたひとだから間違いないはず」

「そうでしょうけど」

定吉はさらに続けた。

「あと気にかかるのが、友三郎の手下のことがさっぱりわからないことです。あっしを助け出してくれた連中は、あっしと口をきこうともしません。友三郎だけがあっしらの相手です」

「いいじゃないか、それで。友三郎さんは私たちの狙いを承知して手を貸してくれているんじゃないか。そのために、自分の手下を動かしているんだ。私たちが頼めば、あとは友三郎さんがよろしくやってくれる。それでいいじゃないか」

「へえ」

定吉は頷いたが、どこか納得していない様子だった。


翌朝、お紺は百姓女の格好で頭から手拭いをかぶり、籠を担いで小梅村の家を出た。本所の北割下水《わりげすい》、南割下水の武家地を抜け、竪川《たてかわ》を渡り、閻魔堂橋近くまでやってきた。そして、ひと目を避けて路地に入り、善次の家の裏口から呼びかけた。

すぐに物音がして、戸が開いた。

「お紺、どうしたんだ？」

善次は驚いてお紺を部屋に引き入れた。

「ここに来ちゃだめだと言ってあるだろう」

奉行所の手がここまで伸びてくる可能性があるのだ。

「ごめんなさい。ちょっと、確かめたいことがあって」

「なんだ？」

「友三郎さんのことだけど、善次さんとはどのような関係？」

「そんなことを聞いてどうする？」

「どういうひとか知っておいたほうがいいかと思って」

「知る必要はない」

善次の強い言葉に戸惑いながら、

「善次さんは友三郎さんを以前から知っていたの？」

と、お紺はきいた。

「いや。俺が信頼している方から引き合わせてもらった。だから、間違いない」

善次は言い切った。

「でも」

「いいか、お紺。よく考えるんだ。おまえが繁蔵の情婦だということは奉行所にも知れ渡っている。定吉を牢抜けさせたのもおまえだと知られている。そんな中で、おまえたちに手を貸すのは極めて危険なことだ。それを承知で引き受けてくれているんだ。おまえはよけいなことを考えず、自分の目的を果たすことに邁進《まいしん》すればいい」

「……………」

「おそらく、定吉が何か言いだしたのだろう。定吉にもよく言っておけ。友三郎さんの言う通りに動けば間違いないとな」

「わかったよ」

「ここにもいずれ俺とおまえの関係に気づいて八丁堀がやってくるかもしれない。危険だから、もうここには顔を出すな。俺への言《こと》づけがあれば、友三郎さんに託すんだ。じゃあ、行け」

お紺はまた裏口から出た。

「気をつけてな」

お紺は来た道を戻った。

小名木川《おなぎがわ》を渡り、弥勒寺《みろくじ》の前に差しかかったとき、前方から岡っ引きが歩いてくるのが見えた。

お紺は俯《うつむ》き加減に同じ歩調で歩く。岡っ引きが近づいてくる。緊張しながら、すれ違った。

岡っ引きの手下がお紺の顔を覗《のぞ》き込もうとしていた。行き過ぎてから、お紺はさりげなく振り返った。

手下が立ち止まってこっちを見ていた。お紺はそのまま前に歩を進めた。竪川にかかる二ノ橋の手前でもう一度振り返った。岡っ引きの姿はなかった。

だが、お紺は用心し、遠回りをして小梅村の家に帰った。

「姐さん、だいじょうぶでしたか」

定吉が確かめた。

「ああ、だいじょうぶ」

お紺は応え、善次の話を定吉にも告げた。

「そうですか。確かに、友三郎さんが何者かは関係ありません。あっしらはおかしらや皆の仇を討てればいいんですから」

定吉は納得したようだった。

夕方になって、友三郎がやってきた。

「明日、決行だ」

「いよいよかい」

「昼下り、西方寺《さいほうじ》で待て。俺の仲間は参拝人を装い、待乳山聖天《まつちやましょうでん》に集まる」

西方寺は日本堤《にほんづつみ》の近くにある。三ノ輪《みのわ》の浄閑寺《じようかんじ》と同じく投込寺《なげこみでら》で、吉原で亡くなった遊女が菰《こも》に包まれて墓穴に投げ込まれる。

友三郎は手筈を説明したあとで、

「うまく行こうが行くまいが、終わったら橋場《はしば》のほうに逃げるのだ。真崎《まさき》稲荷の裏手の川っぷちに舟を用意しておく」

と、付け加えた。

お紺は今度こそと気を引き締めていた。

三

暮六つ（午後六時）の鐘が鳴っていた。長兵衛は勝五郎を供に、浜町堀の汐見橋にやって来た。

今日は夜泣き蕎麦の屋台が出ている。客がひとりいたので、蕎麦を食い終えるまで待った。

夜になって風がひんやりしてきた。

屋台まで様子を見に行った勝五郎が戻って来て、

「親分」

と、怪訝《けげん》そうに声をかけた。

「亭主の喜助は五十近い男だったそうですね」

「そうだ。それがどうした？」

「今覗いたら、亭主は四十前くらいですぜ」

「…………」

長兵衛は首を傾げた。

客が引き上げるのを見て、長兵衛は屋台に近づいた。

果たして、一昨日《おととい》見た男ではなかった。

「いらっしゃい」

亭主が声をかけた。

「今夜は喜助ではないのか」

長兵衛は確かめる。

「へえ。喜助とっつあんは昨日からお休みです」

「休み？　いつまでだ？」

「十日ぐらいって言ってました。その間、あっしに屋台を貸してくれることに」

「なぜ休むんだ？」

「大山《おおやま》参りだとか」

「大山参りだと？　おまえさんは喜助と親しいのか」

「失礼ですが、どちらさまで」

「俺は花川戸の幡随院長兵衛という者だ」

「これは長兵衛親分で」

　亭主はあわてて頭を下げ、

「喜助とっつあんとは長屋で隣同士でして。これまでにも、とっつあんが寝込んだとき
など代わりに屋台を曳《ひ》いています」

「そうか。じゃあ、今は長屋にもいないのか」

「いません」

「大山参りは前々から決まっていたのか」

「いえ、突然でした。昨日の夕方、明日から出かけるから屋台を頼むと言われたんです。

さすがに昨夜は屋台を出すことは出来ませんでしたが、今夜からはじめました」

「なぜ、急に大山参りに行くと言いだしたのか思い当たることはないか」

「たぶん、お金が入ったからじゃありませんか」

「金か」

「ええ。小伝馬町の牢屋敷にいる男に差入をするだけで五両もらえたと言ってました。

どこかの講《こう》に入っているわけではありませんし、大山参りは信心からではなくて女を買

う目的じゃないかと思います。あのとっつあん、歳《とし》の割には元気ですからね」

　亭主はにやりと笑った。

「差入を頼んだ人物のことを何か言ってなかったか」

「いえ、何も」

「女に頼まれたとも？」

「ええ。頼んだ人物のことは何も聞いていません。ただ、差入をした相手が牢抜けしたので、奉行所からさんざん問いつめられて往生したと言ってました。五両の中には、その迷惑料も含まれていたらしいと笑っていました」

　突然の旅立ちは差入を頼んだ人物から強いられたのではないか。お蝶が喜助の前に現われたと聞いて、その人物が喜助を逃がしたのだ。

「長屋はどこだね？」

「神田岩本町《いわもとちよう》の松右衛門店《しようえもんだな》です」

「わかった。商売の邪魔をして悪かった」

　長兵衛は頭を下げて屋台から離れた。

　やはり、喜助に差入をするように頼んだのはお紺ではないようだ。だが、その人物は、女だったと喜助は言っている。なぜ、わざわざそのようなことを言わせているのか。

　岩本町に入り、松右衛門店を見つけ、長屋木戸を入った。

一番奥の部屋の腰高障子《こしだか》に喜助と書かれた千社札が斜めに貼ってあった。部屋は暗かった。

長兵衛は戸を開けながら、

「喜助さん」

と、声をかけた。

戸は開いたが、中は暗かった。

「喜助さんは留守ですよ」

背後から女の声がした。

向かいの家から女が顔を出していた。

「どこかにお出かけで？」

長兵衛はきいた。

「大山参りに出かけました」

「そうですか」

やはり、喜助が出かけたのはほんとうのようだった。

長兵衛は『幡随院』に帰って、お蝶に喜助が大山参りに出かけたことを話した。

「誰かが逃がしたのだ。喜助に差入を頼んだのはお紺ではない。だが、なぜかわからないが、美しい女から頼まれたと言うように命じられていたのだ。その女がお紺だと思わせるために」

「なぜ逃がしたのかしら」

「お蝶が喜助の前に現われたと聞いた何者かがあわてて逃がしたのだ」

「なぜ、お紺が差入を頼んだことにしたかったのかしら」

お蝶も首を傾げた。

「ともかく、喜助のことは河下さまに委ねるしかない。もっともどこまで河下さまが本気になるかどうかわからないが」

長兵衛は、喜助が大山参りに十日ほど出かけると言っていたことが気になっていた。

なぜ、十日間か。それまでに、目的を果たすということだろう。

俺が絶対にお蝶を守ると、長兵衛は感情を昂《たかぶ》らせた。


翌日の朝、『幡随院』に同心の河下又十郎がやってきた。

客間で向かい合うなり、又十郎が切りだした。

「定吉の潜伏先を探し回っているが、いまだに見つけ出せない。朝から夜まで常にお蝶の動きを見張っているのだから、花川戸に近い場所に潜んでいるのではないかと考え、南は駒形、田原町、北は今戸、橋場、さらに千住方面、西は下谷《したや》、三ノ輪方面に探索の輪を広げたが怪しい者は見つからなかった」

「そうですか」

「その他、繁蔵一味とつながりがありそうな者たちを片っ端から洗っているが、手掛かりはない」

「逃げ隠れしているのではなく、お蝶を狙ってこの周辺をうろついているはずなのに、ずいぶんうまく動き回っていますね」

長兵衛は口惜しそうに言う。

「定吉の潜伏先を探している中で、入谷で空き家になっている一軒家が見つかった。その家の竈《かまど》に燃えかすがあって囚人の着物だった。おそらく、定吉はここに逃げ込んで着替えをし、髭を剃って、別の場所に移動したに違いない」

「その家というのは?」

「湯呑みや皿の数、その他、空《から》徳利の数など大勢が暮らしていた形跡があり、近所の者の話からも、繁蔵一味の隠れ家だった可能性がある。もちろん、金目《かねめ》のものはなかった」

「お紺が繁蔵の金をどこかに持っていってしまったのでしょう」

長兵衛が言う。

「そうだ。繁蔵たちが押込みで稼いだ金が置いてあったはずだ。その金で、お紺は仲間を集めたのであろう」

「お紺は定吉の救出に三人の男を駆り集めましたね。この三人の手掛かりも何も？」

「ない。なにしろ、誰も顔を見ていなかったからな。それに」

又十郎は間《ま》を置いて、

「手傷を負った牢屋同心が、襲ってきたのは三人だったが、他にも近くに三人怪しい男がいたと言うのだ」

「別に三人？」

「最初の三人が手こずったら、あとの三人も襲撃に加わることになっていたのかもしれない」

「最初の三人であっけなく事がなったというわけですか」

長兵衛は溜め息をついた。

「そういうことだ。敵はお紺と定吉以外に六人いたということになる」

「お紺はその六人をどうやって集めたのでしょうか」

「五年以上前に街道筋で盗みを働いていた男女がいた。女ははっとするぐらいのいい女だったらしい」

「その女のほうがお紺ですか」

「そうだ。そのふたり組の盗人は五年前を境にぷっつり動きを止めている。おそらく、繁蔵とお紺が出会い、お紺は繁蔵の女になったために街道筋での盗みをやめたのではないかと思われる」

「すると、お紺の相棒の男はどうしたのでしょう」

「繁蔵の一味に加わったとは思えぬ。ひとり働きをするようになったか、あるいはお紺と別れたことをきっかけに足を洗ったか」

又十郎はそう言い、

「俺はお紺が昔いっしょに組んでいた男を頼ったのではないかと思っている。つまり、その六人は昔の相棒の手下だ」

と、想像を語った。

「なるほど」

長兵衛は頷いた。

「また来る」

又十郎が腰を上げようとした。

「あっ、河下さま」

長兵衛は呼び止めた。

「なんだ」

又十郎は居住まいを正した。

「定吉に差入をした夜泣き蕎麦屋の喜助のことです。客の美しい女に頼まれたってことでしたね。美しい女とはお紺のことです」

「うむ。それがどうした？」

「じつは三日前、お蝶がそのことを確かめに、夜泣き蕎麦屋の喜助に会いに行ったんです。しかし、喜助はお蝶を見ても特に変わった様子はなかったそうです」

「どういうことだ？」

「喜助に差入を頼んだのはお紺ではないということですよ。ただ、その人物は美しい女に頼まれたと言うように喜助に命じたんです」

「なぜだ？」

「理由はわかりません。ですが、差入を頼んだのはお紺であるということをわざわざ匂わせているんです」

「しかし、喜助はお蝶とお紺が別人だとすぐ気づいたから態度が変わらなかっただけではないのか」

「いえ、そうじゃありません」

「まあ、念のためにもう一度喜助から話を聞いてもいいが」

「それが出来ないんです」

「どういうことだ？」

「喜助は昨日から大山参りに出かけたそうです」

「大山参り?」

「差入を頼んだ人物が逃がしたんですよ」

「………」

「この差入の件、もう少し調べてみる必要があるかもしれませんぜ」

「わかった。心に留めておく」

又十郎は立ち上がった。

土間まで又十郎を見送ったあと、吾平がやってきた。

「親分。姐さんがちょっと前に出かけました」

「どこへ?」

「お時さんの亭主がまた暴れているというので」

「誰かついて行ったか」

「へえ、勝五郎さんと弥八さんがついていきました。あいにく、吉五郎兄ぃは出かけていまして」

「そうか。わかった。俺も行ってみる」

長兵衛は長脇差を腰に差し、『幡随院』を出た。

長兵衛は山之宿町にある長屋に行き、お時の家の戸を開けた。部屋でお時がおろおろしていた。

「お蝶は来ているか」

長兵衛は声をかけた。

「長兵衛親分」

お時が泣きそうな顔で、

「うちのひとといっしょに西方寺に」

と、言った。

「西方寺？　どういうことだ？」

「西方寺に借金取りが」

しまったと叫び、長兵衛は長屋を飛び出した。

日本堤に向かって走った。浅草聖天町を突っ切り、やがて西方寺が見えてきた。

山門をくぐったとき、ひとの争う声が聞こえ、本堂の裏を目指して駆けた。

勝五郎と弥八が四人の男を相手に苦戦をしており、少し離れた墓地の入口ではお蝶がふたりの賊に囲まれていた。

「お蝶」

長兵衛が叫んで駆け付けようとすると、勝五郎と弥八を囲んでいた四人が一斉に長兵衛に向かってきた。

「勝五郎、弥八。お蝶だ」

「へい」

ふたりがお蝶を見ると、その前に新たなふたりの男が立ちふさがった。勝五郎と弥八はふたりを蹴散らして、お蝶のところに向かった。

長兵衛に四人の男が迫った。四人とも手拭いで頰被《ほおかぶ》りをし、長脇差を構えていた。

「おまえたち、何者だ」

長兵衛は誰何《すいか》する。

ひとりが突進してきた。長兵衛は長脇差を抜き、相手の剣を弾いた。すぐさま背後から別の男が斬りつけてくる。長兵衛は振り向いて、剣を払う。続けざまに新たな男が長脇差を背中に担ぐようにして向かってきた。常に目の端にお蝶の姿を入れながら、長兵衛はその男を待ち構えて剣を繰り出す。剣を交えたあと、相手の懐に飛びこんで男の胸倉を摑み足払いをかけた。男は背中から地べたに落ちた。

長兵衛は他の男も蹴散らし、お蝶のもとに駆けた。

「おかしらの恨みを晴らす」

と叫び細身の男が匕首でお蝶に迫っていた。

「待て」

長兵衛が走りながら声を上げると、男は一瞬怯《ひる》んだ。

その隙に長兵衛はお蝶のそばに駆け付けた。

「おまえさん」

「だいじょうぶか」

「ええ」

「おまえは定吉だな」

長兵衛は細身の男に声をかけた。

残りの六人が追いついて、長兵衛とお蝶を取り囲む。

そのとき、本堂の脇から駆けてくる足音がした。

「吉五郎兄ぃだ」

弥八が叫んだ。

「お蝶、必ず、この手でおまえを殺す」

そう叫ぶや、定吉は体の向きを変えた。他の連中も一斉に裏門に向かって駆けだした。

勝五郎と弥八が追った。

「親分、姐さん。だいじょうぶですか」

吉五郎が肩で息をしながらきいた。ずいぶん急いで駆けてきたようだ。

「大事ない」

長兵衛は答えたあと、本堂の横で腰を抜かしたようにしゃがんでいる男を見つけた。

「あれはお時の亭主か」

「そうです」

「あの亭主がここにおまえを連れてきたのか」

長兵衛はお蝶に確かめた。

「あの亭主はお時さんが貯めた金で借金を返そうとしていたんです。借金が返せないならお時さんを岡場所に売ると。借金取りが西方寺で待っているというので、私が話をつけに」

「お蝶を誘き出す口実だったようだな」

長兵衛は言い、まだしゃがみ込んでいる亭主のところに行った。

「お時の亭主だな」

長兵衛は声をかける。

「へえ」

「何があったのか詳しく話してもらおう」

「わかりやした」

亭主が体を起こし、居住まいを正した。

「さっきの連中があっしの前に現われ、親分のおかみさんをここまで連れ出したら一両くれると……」

「あの連中に借金があるのか」

「いえ、ありません。借金が払えなければうちの奴が岡場所に売られてしまうと言えば、必ず従うからと」

「言われるままに動いたのか」

「へえ。まさか、こんなことになるとは思っていなかったので」

「頼んだのはどんな人物だ？　男か女か」

長兵衛は踏み込んできく。

「細身で背が高い男です。三十半ばぐらいです。色白でおとなしそうな感じでしたが、どこか無気味でした」

長兵衛は男の特徴を頭に叩き込んだ。

「で、金をもらったのか」

「へい」

「一両か」

「そうです」

そこにお時が駆け込んできて、亭主に摑みかかった。

「おまえさん、なんてことをしてくれたんだ。お蝶さんを誘き出す片棒を担いだりして」

お時は叫びながら、亭主の体を叩いた。

「すまねえ。こんなこととは知らなかったんだ」

「普通じゃないことぐらい気づいたんじゃないのかえ。お金に目が眩《くら》んで」

「なんと詫《わ》びていいか」

亭主は悄然《しようぜん》とした。

「親分さん。申し訳ありません。どうかうちのひとを許してください。このとおりです」

お時は長兵衛に向かって地べたに額をつけんばかりに頭を下げた。

「お時さんはこれまでさんざん、ご亭主に苦労させられてきたんじゃないのか。それでも庇《かば》うのか」

「はい。そのとおりです。でも、私にはかけがえのない亭主なんです。どうか、お許しを。二度とばかな真似はさせません」

「お時、すまねえ。俺がばかだった。長兵衛親分たちを危ない目にあわせるなんて。はっきり目が覚めた。もう金輪際酒も博打もやらねえ」

亭主も涙ぐんでいる。

「お時さん。さあ、立ち上がって」

お蝶がお時にやさしく声をかけた。

「もういい。何事もなかったのだ。ふたりとも立つんだ」

そこに勝五郎と弥八が戻ってきた。

「すみません。逃げられました。定吉は橋場のほうに。他の連中もばらばらに散らばって逃げていきました」

「ごくろう。よし、引き上げよう」

長兵衛は皆に声をかけた。

四

お紺と定吉は橋場から舟に乗って対岸の水神社《すいじんじゃ》の近くの船着場に着き、そこから歩いて小梅村の隠れ家に帰ってきた。

お紺は本堂の陰から様子を見ていたが、あと一歩でお蝶の胸に匕首の刃を突き刺せたのにと歯がゆかった。定吉はなぜ、あそこまで行きながら仕留めることが出来なかったのか。

定吉は隠れ家に帰ってもまだ口を開こうとしなかった。苦しそうに口をあえがせているだけだ。よほど殺せなかったことが悔しいのだろう。

「定吉」

お紺は声をかけた。

「失敗したのは仕方ないよ。また機会があるから」

お紺は慰めた。

「姐さん」

定吉は顔を向けた。

「まだ」

「またとは？」

「お蝶に向かっていったら、また姐さんに思えてしまった」

「…………」

「姐さんに思えて、どうしても飛び掛かっていけなかったんだ」

定吉は呻くように言う。

「あっしはもうだめだ。八つ裂きにしてやりたい女なのに、顔を見たら姐さんに思えて体に力が入らなくなるんです」

「…………」

お紺も唖然《あぜん》とした。

「おかしらに申し訳ねえが、あっしは自信がねえ」

「だって、私とお蝶は別人だよ。いくら似ているからって、私だと思うなんておかしいじゃないか」

「あっしにもわからねえ。だけど、どうしても姐さんを思いだすんです」

定吉は胸を掻きむしった。

「どうしてだろうね」

お紺も戸惑う。

「あの女」

定吉が顔を上げた。

「あっしが刃先を向けても顔色ひとつ変えないんです。あわてたり、悲鳴を上げたりしないんです。もし、怖がりでもしたら、姐さんと印象は違ったかもしれません」

「お蝶は肝が据わっているんだね」

「そんなところも姐さんとそっくりです。姐さん」

定吉は呻くように、

「こうなったら、友三郎さんの手を借りるしかありません」

今まではお蝶を殺るのは自分たちで、友三郎のほうは邪魔が入らないように助けるという役割でいた。

「いえ、それなら私が殺る」

お紺は言う。

「いけねえ。姐さんには生きてもらわなきゃならねえ。おかしらやみんなの菩提を弔ってもらうんです」

「でも」

「おかしらだって、そう思っているはずです。ほんとうを言えば、姐さんには今のうちに江戸を離れてもらいたいんです。奉行所の目がお蝶に向いている間なら容易に江戸を出られます。鎌倉の尼寺に入っておかしらやみんなの菩提を弔ってもらえたら」

「出家なんかする気ないよ」

「いずれにしろ、姐さんには生きてもらわないと」

定吉は言ってから、

「だから、もうこうなったら友三郎さんの手に委ねたいと思うんです。今日だって、そうしていたら、お蝶を仕留められたはずです。あっしはお蝶の死を見届けることで、おかしらの仇を討ったということにします」

「だったら、おまえを牢抜けさせるんじゃなかった。牢抜けしたあと捕まれば死罪だよ。あのまま牢に残っていれば島送りで、八丈島《はちじょうじま》か三宅島《みやけじま》辺りで生きていけたのに。生きていれば恩赦だって考えられたのに」

またも同じ後悔を口にした。

「あっしのせいで、おかしらや兄貴たちは死んでいったんです。その罪を抱えながら生きていくなんて辛《つら》すぎます。あっしはお蝶の死を見届けたら、おかしらのあとを追います」

入口で物音がした。

「見てきます」

定吉は立ち上がったが、その前に友三郎が部屋に入ってきた。

いつもと変わらぬ表情だ。失敗しても痛くも痒《かゆ》くもないのだろう。所詮、この男にとっては他人事なのだ、とお紺は腹だたしかった。

「あと一歩だった」

友三郎は落ち着いて言う。

「無念です」

こっちは真剣なんだと伝わるよう、定吉は呻くように言った。

友三郎は表情を変えず、

「今日の失敗で、『幡随院』の周辺でお蝶を襲うことは難しくなった」

と、冷静に言う。

「もう、お蝶を殺るのは難しいと？」

お紺が声を震わせた。

「そんなことはない。これからだ」

友三郎は余裕を見せた。

「何か手立てはあるんですか」

定吉がきく。

「お蝶は『幡随院』の内儀《おかみ》としての役目がある。得意先に出向く機会は多い。その行き帰りを襲えばいい」

「いつ出かけるか、『幡随院』を見張っているのですか。怪しまれませんか」

定吉は不安そうにきく。

「俺たちがちゃんと見張っているから心配するな」

「友三郎さん、じつは今日のことであっしはお蝶を殺る自信をなくしたんです。あっしに代わって、お蝶を殺ってくれませんか」

「どうしたんだ?」

友三郎は怪訝な顔をした。

「あっしには、お蝶が姐さんに見えて……。どうしても刃物を突き刺せないんです」

定吉は心情を打ち明けた。

「なるほど」

友三郎は冷笑を浮かべ、

「いいのか。最初は自分の手で殺らないと復讐にならないと言っていたじゃないか」

と、皮肉そうに言った。

「出来ればそうしたいんですが……。今となっては、そうも言ってられません」

定吉は無念そうだ。

「俺たちが殺るのは構わねえが、やはりおまえさんにも現場には立ち会ってもらわねえとな。そうじゃねえと、俺たちは単なる殺し屋でしかなくなる。あくまでも、おまえさんたちの仇討ちの手助けをしているのだからな」

「あっしも現場にはちゃんと行きます。あの女が絶命するのをこの目で確かめたいですからね」

「よし、それなら、引き受けよう」

友三郎は請け合った。

「すまねえ」

「が、その代わり、そのぶん手当てを弾んでもらわねばならないが」

「わかったよ」

お紺は答える。

「よし。また、段取りをつけて知らせる」

そう言ったあとで、友三郎は表情を曇らせ、

「明日にでもここを出たほうがいい。もうそろそろこっちのほうも目をつけられる。い

や、もう探索がはじまっているかもしれねえ」

「やっぱり舟で逃げたのが拙かったんじゃないですか」

定吉がきいた。

「奉行所は花川戸周辺をしらみ潰しに調べてきた。当然、その後はこのあたりに目を向けるはずだ。だから、奉行所の目をこっちに引きつけたのだ」

「じゃあ、わざと舟を」

定吉は顔をしかめた。

「そうだ。だから、明日の朝、ここを出るんだ。百姓の格好でな」

「どこに?」

お紺がきく。

「業平橋《なりひらばし》まで来い。案内する」

「善次さんのところは?」

「いや、あそこはだめだ」

「まだ目をつけられていないんでしょう」

お紺はきいた。

「ああ、まだ善次さんの正体はばれていない。だが、いずればれると思っておいたほうがいい。裏社会には善次の昔を知る連中がいるんだ」

「そうね」

街道を荒し回っていたとき、善次はよく同業者と鉢合わせをしていた。足を洗ったあと、深川で骨董屋を開いたのも同業者の縁からだ。

「だがな、じつはそれだけじゃねえんだ」

友三郎が口元を歪めた。

「まだ何か」

「いや、よけいなことだった」

「どういうこと？」

「だから、善次さんの昔を知っている連中がいるってことだ。だから、気をつけろということだ」

「善次さん、何かやっているの」

善次はすっかり堅気になったわけではなかったのか。

「俺から聞いたとは言わないでくれ。まだ、ほんとうのことかどうかわからないんでな」

「ええ、何？」

「どうやら盗品の売買をしているらしい」

「まさか」

お紺はあっと声を上げそうになった。

「いや、本人に確かめたわけではないから、そのつもりでな」

「ええ」

お紺は頷き、

「善次さんのところには顔を出さないようにするわ」

と、溜め息混じりに言う。

「それより、友三郎さんはあっちこち顔を出しているんでしょう。面は割れていないんですかえ」

定吉がきいた。

「お時という女の亭主には顔を晒したが、なんとでも言い逃れられる。俺のことは心配しないでいい」

友三郎は、

「じゃあ、お蝶の動きがわかったら知らせにくる」

と、立ち上がった。

「友三郎さん。もうひとつ」

定吉が声をかけた。

「なんだ？」

「万が一、襲撃に失敗してあっしが捕まったら、姐さんを江戸から逃がしてもらいてえ」

「定吉、何を言うの？」

お紺が口をはさむ。

「姐さん、あっしの言うことを聞いておくんなせえ。友三郎さん」

定吉は立ち上がり、

「姐さんを逃がしたあと、あっしらに関係なく、お蝶を殺ってもらいたいんです。いや、そうだ」

定吉は今気がついたように、

「もし今度襲撃に失敗したら、あっしは自首します」

「自首？」

友三郎は眉根を寄せる。

「もうお蝶を襲う相手がいないとなれば、油断するでしょう。そこにつけ込んで、間違いなくお蝶を殺ってください」

「執念だな」

友三郎はぽつりと言い、

「わかった。おまえの意に添うようにしよう」

と、真顔になって答えた。

友三郎が引き上げたあと、

「姐さん」

と、定吉は呼んだ。

「なんだね」

「姐さんはここを出て、そのまま芝か浜松町まで舟で行ってください。そして、そのまま鎌倉まで」

「ばかをお言いでないよ。私もいっしょに仇を討つんだ」

「姐さんもお気づきでしょう。善次さんのこと」

「………」

「善次さんは盗人連中とまだ付き合いがあるんですよ。盗品を扱っているんですからね。善次さんは姐さんに寄りつかれるのを迷惑だと思っているんじゃないですか。友三郎に姐さんのことを委ねたのもそのためじゃ」

お紺は唇を噛《か》んだ。

「善次さんから姐さんにたどり着くのではなく、姐さんが善次さんのことを知って盗人仲間との関係が明らかになってしまう。善次さんはそのことを恐れているんじゃないですか」

「…………」

「唯一の姐さんの味方だと思っていた善次さんには自分の思惑があるんですよ。へたをすると、自分を守るためには姐さんを奉行所に売りかねませんよ」

「それは考えすぎだと」

お紺はやっと口にした。

「姐さん。やはり、あっしは友三郎って男もなんとなく信じられないんです」

「信じられないって言ったって、現に定吉を牢抜けさせてくれたじゃないか。それに、お蝶を襲うお膳立てをしてくれた」

「ええ。失敗したのはあっしの問題です」

「どこに疑う余地があるんだね。確かに、金で動いている。でも、金のためなら約束を果たすんじゃないかえ」

「ひとつひとつを振り返れば、ほんとうに親身になってやってくれているように思えます。それはわかっているんですが」

定吉は焦《じ》れったそうに顔をしかめる。

「ともかく姐さん、次の襲撃で成功しようが失敗しようが、姐さんは江戸を離れてください。失敗したらあっしは自首します」

「…………」

「おかしらもそれを望んでいると思います。あっしだって姐さんに菩提を弔ってもらえると思えば、死罪も怖くありません」

「定吉」

お紺は胸の底から込み上げてくるものがあった。

「姐さん、じつは最近、夢におかしらが出てくるんです」

「夢に？」

「ええ。定吉、お紺を頼むと」

「…………」

「長生きして俺や子分たちの菩提を弔ってくれと。姐さん、おかしらもそれを望んでいるんです」

嘘《うそ》だと、お紺は思った。定吉の作り話だ。しかし、お紺は黙って聞いていた。定吉の熱い思いが伝わってきたからだ。

風が出てきたのか、戸ががたがたと揺れていた。

五

翌日の朝早く、河下又十郎がやってきた。

長兵衛が出ていくと、又十郎が勝五郎と弥八から話を聞いていた。

「今、ふたりから昨日の状況をもう一度聞いていたところだ」

長兵衛に言って、又十郎は顔をふたりに戻した。

「で、勝五郎と弥八は四人の男に囲まれたのだな」

又十郎は確かめるようにきく。

「そうです。あっしらと姐さんを引き離し、守ろうとするのを邪魔しました」

「そのとき、お蝶に向かっていたのは定吉か」

「そうです。定吉です」

勝五郎が口にする。

「そこに、長兵衛が駆け付けたのだな」

又十郎は言う。

「そうです。あっしがお蝶のそばに行こうとしたら勝五郎たちに向かっていた四人があっしのほうにやってきた。すると勝五郎と弥八のほうに新たなふたりの男が向かった」

「賊は全部で七人か。そのうちのひとりがお蝶に迫っていた定吉か」

又十郎は頷きながらきく。

「いや、もうひとりいます」

長兵衛が厳しい顔で言い、

「お時の亭主を金で動かした男だ。細身で背が高く、三十半ばぐらいだ。色白でおとなしそうな感じだが、どこか無気味だったという」

と、続けた。

「じゃあ、八人というわけか。定吉を牢抜けさせたのは三人だったが、他に三人がいたということだった。それだけで六人だ」

又十郎は驚いたように言う。

「ええ。おそらく八人は交代で『幡随院』を見張っていたのではないでしょうか。見かけたのはせいぜいひとりかふたりだと思います。ひとが変わるから、怪しまれずに『幡随院』の前を行き来しているんでしょう」

「しかし、もはやこの近辺で襲うことは出来まい。新たな手で来ると思ったほうがいい」

又十郎は言う。

「賊の逃亡先はわかりませんか」

長兵衛はきく。

「勝五郎が定吉を橋場のほうに追っていって見失ったと言っていたので、橋場のほうで走っていく男を見かけた者がいないか聞込みをかけた。すると、真崎稲荷社の境内に入っていく男を見ていた者がいた。背格好から定吉のようだった。だが、その先はわからない」

「そうですか」

「ただ、対岸に向かう舟があったそうだ」

「舟で逃げたと？」

長兵衛がきく。

「その舟を探しているが、まだ見つからない。それから」

又十郎は続ける。

「定吉は向島のどこぞに潜んでいたのではないか。対岸から花川戸を見ていたのに違いない。向島にもひとをやった。向島には料理屋や寮、さらにいえば百姓家など、潜むことが出来そうなところはたくさんある」

「河下さま。他の七人の行方はいかがですか」

「七人はばらばらになって入谷や三ノ輪のほうに逃げた。奉行所としては牢抜けした定吉を探すことが第一なんだ」

「そうですか」

長兵衛は頷き、

「ところで、夜泣き蕎麦屋の喜助はいつ帰ってくるんでしょうね」

と、きいた。

「何か気になるのか」

又十郎が長兵衛の顔を見つめる。

「ええ。美しい女に頼まれたと言ったことが気になるんです。喜助はお紺に会っていないはずです」

「だが、喜助はお蝶を見て、お紺とは別人だと気づいていたとも考えられる」

「いえ、一度や二度会っただけではわからないようです」

「どうかな」

又十郎は首を傾げた。

「旦那」

お蝶が出てきた。

「お蝶か。昨日はたいへんだったな」

「はい。それより、今のことに関連してですけど」

お蝶は厳しい顔で、

「差入の中に何があったのか、牢屋敷の役人が何を見逃したのかわかったのですか」

「いや、わからないようだ。おそらく、何かの特殊な薬が食べ物の中に紛れ込ませてあったのだろうと推測するだけだ」

「それだけでなく、定吉に牢抜けの手立てを知らせる手紙も入っていたはずですよね」

「そこもわからないのだ」

「牢屋医師が定吉は異常だと診断したから溜送りになったのですね」

「そうだ。牢屋医師を騙すような薬が差入れされたということだ」

お蝶の問いかけを聞いていて、長兵衛はあることに思い至り、

「河下さま。その牢屋医師の名はわかりませんか」

「いや、知らぬ」

「きいてもらえませんか」

「どうするんだ？」

「そのときの定吉の様子を知りたいんです。お願いします」

「わかった。きいておく。では」

又十郎は引き上げた。

「おつかれさまです」

吉五郎が又十郎を見送った。

「向島か」

長兵衛は呟いた。

「竹屋の渡しでこっちまで来ていたのかもしれませんね」

吉五郎は顔をしかめる。

「念のために、警戒を緩めないでくれ」

長兵衛は吉五郎に言い、お蝶とともに居間に戻った。

「やはり、牢屋医師のことが引っ掛かったか」

長火鉢の前に腰を下ろして、長兵衛は口にした。

「ええ、おまえさんも？」

「お蝶が気にしていたので、俺も引っ掛かりを覚えた」

「そうですね、やはり、喜助が私の顔を見ても表情を……」

そのとき、襖の向こうで吉五郎の声がした。

「親分。『天田屋』の彦太郎親分がお見えです」

「なに、彦太郎親分が」

長兵衛はすぐ立ち上がって土間に向かった。

三十過ぎのがっしりした体つきの男が土間に立っていた。いつぞやと同じ三人の男を従えている。

「これは彦太郎親分」

長兵衛は頭を下げた。

「先日はありがとうございました」

「いや、それより、昨日、おかみさんがたいへんだったらしいな。牢抜けした押込みの手下に襲われたとか」

彦太郎が心配そうにきいた。

「へえ、幸いなことに、なんとか相手を蹴散らかしました」

「うむ。よかった」

「でも、彦太郎親分。どうしてそのことを？」

長兵衛は訝ってきいた。

「俺のとこの若い者が入谷を歩いていたら、岡っ引きに声をかけられたんだ。西方寺で襲撃騒ぎがあって、その探索だったそうだ。疑いは晴れたが、俺にその話をした。それで、気になって岡っ引きにききに行った。そしたら、お蝶さんが襲われたというではないか。まあ、無事だったそうだが、とりあえず見舞いにと思ってな」

「そうですかえ。それはご丁寧に。恐縮です」

長兵衛が頭を下げたあと、お蝶が顔を出した。

「彦太郎親分さん。おはつにお目にかかります。お蝶でございます」

「おまえさんがお蝶さんか。聞きしに優る美形だ」

彦太郎は感嘆の声を上げた。

「恐れ入ります」

「いつぞやいただいた羽二重団子、うちの奴も喜んでいた」

彦太郎は真顔になり、

「それにしてもたいへんな目にあったな。とんでもない逆恨みだ」

「はい」

「だが、奉行所の探索も進んでいるようだからな。長兵衛」

彦太郎が顔を向けた。

「へい」

「もし、警護の者が入り用なら、俺のところから何人か出す。遠慮なく言ってくれ」

「ありがとうございます。今はだいじょうぶですが、その節はよろしくお願いいたします」

「彦太郎親分。どうぞ、お上がりください」

お蝶が勧めた。

「いや、驚いてあわてて駆け付けただけだ。また、改めてうちの奴といっしょに来させていただく。じつはうちの奴もお蝶さんに会いたがっているのだ。長兵衛を陰で支えている女房どのがどんな女子《おなご》なのか、近づきになりたいと言ってな」

「そうですか。私も彦太郎親分のおかみさんにお会いしたいと思います」

「じゃあ、そのうち、うちの奴とお邪魔する」

彦太郎はそう言い、吉五郎たちにも挨拶をして引き上げていった。

「あのお方が天田の彦太郎……」

お蝶は見送りながら、

「今江戸一番の俠客という噂も満更ではないようね」

と、冷めたように言う。

「ああ。人びとから慕われている。何か問題があれば皆、彦太郎親分のところに相談に行くようだ。大概のことは解決してくれると」

長兵衛は噂を口にした。

「どこまでがほんとうのことかわからないけど、そうなんでしょうね。でも、いつか、おまえさんが一番になるわ」

張り合うように言ったので、長兵衛は驚いてお蝶を見た。

「私、何か言ったかしら」

お蝶は平然と見返す。

「ああ、大それたことをな」

「大それたことですか」

お蝶は首を傾げ、

「私はおまえさんは初代の幡随院長兵衛の生まれ変わりだと思っているんです」

と、微笑んだ。

夕方になって、作事奉行の旗本井村相模守の屋敷から使いが来た。用人の河原孫兵衛の言伝《ことづ》てで、相模守がお蝶に会いたがっていると言ってきたのだ。明後日の昼下がり、駿河台にある屋敷に来てもらいたいとのことだ。

長兵衛は使いを土間に残して居間に戻った。

「おまえさん。どうかしたのかえ。なんだか浮かない顔をして」

お蝶が目ざとく顔色を窺った。

「じつは相模守さまが、お蝶に会いたいらしい」

「私に？」

「うむ。将軍家菩提寺の大伽藍の修繕工事に関わる人足派遣の仕事を『幡随院』に請け負わせようとするのは、お蝶のことがあったからだ」

長兵衛は用人の孫兵衛から聞いた話をした。

「松尾播磨守さまの用人どのから、繁蔵一味捕縛の経緯を聞いたそうだ。繁蔵一味が松尾さまのご息女の名を騙って『山代屋』に押し込もうとしたのを見破ったお蝶に、感謝をしていた。そのことを播磨守さまから聞いた相模守さまが『幡随院』の長兵衛に興味を示してくださった」

長兵衛は溜め息をつき、

「そのとき、俺はこんどお蝶を挨拶に来させますと約束した」

と、口にした。

「そうですか。結構なことじゃありませんか」

「しかし、定吉の件がある」

「そんなことで出かけられないというのは幡随院長兵衛の沽券《こけん》にかかわります。昼間でしょう。それに、おまえさんもいっしょなら怖くはありません」

お蝶は動じることなく、

「それに、定吉は昨日も私に凄《すさ》まじい勢いで迫ってきたのに、間近になってその勢いを失っていったの。やはり、私がお紺に思えて、気力が萎えたのだと思うの」

「だが、次もそうだとは限らない」

「ええ。でも、定吉は私の顔を見ると冷静ではいられなくなるのは事実」

「だからと言って安心出来るわけではないが……」

長兵衛は迷ったが、

「よし、わかった。明後日の昼下がりだ」

長兵衛は土間に戻った。

使いの侍に、

「お待たせしました。では、明後日の昼過ぎにお屋敷にお伺いいたします」

と、返答した。

「承知しました。お待ちしております」

使いの侍は引き上げていった。

「親分」

吉五郎が近寄ってきた。

「姐さんもいっしょに出かけるんですかえ」

「そうだ」

「じゃあ。あっしらもついて行きます。屋敷の外で待っています」

吉五郎は一歩も引かないような覚悟で言う。

「昼間から襲ってくるかどうか」

長兵衛は首を傾げた。

「昨日だって昼間でしたからね。定吉は顔も隠さず、襲ってきます。目的を果たすためなら、捕まることも覚悟の上での襲撃です。何をしてくるかわかりませんから、こっちもそれなりの対処を」

「そうだな。わかった」

吉五郎が警護についていてくれれば心強いと、長兵衛は思った。

第三章　訪問者

一

翌日の朝、お紺と定吉は世話になった住込みの婆さんに礼を言い、小梅村の隠れ家を出た。

朝霧が深く立ち込め、視界がきかなかった。足元を頼りに北十間川《きたじつけんがわ》にかかる業平橋までやって来た。

霧の中に、長身の友三郎が手拭いを頭にかぶり、腕組みをして待っていた。

「遅くなりました」

定吉が言う。

「この霧だ。満足に歩けねえからな」

友三郎が理解を示すように言い、

「さあ、行こうか」

と、先に立った。

霧の中を、友三郎は馴《な》れた足取りで歩く。お紺と定吉は友三郎の姿を見失わないようについていく。

すぐ左手は川だ。横川であろう。橋が見えてきた。法恩寺橋《ほうおんじばし》だ。霧の中で人声がする。突然ひとが現われてはっとした。

霧は徐々に晴れてきた。竪川に出た頃には視界が戻っていた。

二ノ橋の近くに小さな桟橋があった。そこに舟がついていた。先日と同じ船頭が待っていた。

友三郎が乗るように言う。お紺と定吉が舟に落ち着いたあと、もやってある綱を解き、友三郎が乗り込んだ。

船頭はすぐに棹《さお》を使って舟を出した。

「莚《むしろ》をかぶるんだ」

友三郎が言う。言われたとおりに、莚をかぶって姿を隠した。

お紺は違和感を覚えていた。これではまるで、友三郎に使われているようだ。しかし、友三郎の手を借りない限り、お蝶を斃すことは出来ない。

繁蔵が貯めた金はすべて善次の家に運んである。友三郎たちに報酬の前金は渡してあるが、残りは成功の暁に善次から友三郎に渡すようになっている。

しかし、善次はお紺に隠していることがあった。堅気になったと思っていたが、盗品の売買をしているらしい。

善次をどこまで信じていいのか。金を一人占めにする気ではないか。友三郎は善次が見つけてきた男だ。ふたりがつるんでいるとしたら……。

考えすぎかもしれないと思ったが、お紺はなんとなく不安が去らなかった。

大川に出ると、船頭は櫓《ろ》に替えて大川を横断し、やがて舟はどこかに着いた。

「もう、出ていい」

友三郎の声に、お紺は莚を撥《は》ね除《の》けた。定吉も体を起こした。

「ここは？」

お紺はきいた。

「霊岸島《れいがんじま》だ。さあ、上がれ」

友三郎は先に陸に上がった。

町の裏手で、人気《ひとけ》がない。

「こっちだ」

友三郎は先に立った。

友三郎の意のままにふたりは歩いた。

川沿いを行き、神社の前を過ぎると霊岸島町だ。その町筋を行くと、長屋木戸から仕事に出かける男たちが何人も出てきた。

友三郎は町外れにある一軒家の前に立った。

「ここだ」

友三郎は小さな門を開けて中に入ったが、すぐ左手にある庭木戸を押した。

母屋の裏に離れがあった。

友三郎は部屋に上がった。四畳半がふた部屋あった。

「奉行所の目は向島に向いている。ここなら当面、目をつけられる心配はない」

「ここの主人はどういうひと？」

お紺はきいた。

「俺の知り合いだ。心配しなくていい。酒や米、野菜も揃《そろ》っているはずだ。足りないものは母屋のかみさんに言えばいい」

「ただじゃないでしょう？」

お紺はきいた。

「金は払ってある」

「善次さんからもらったの？」

「まあ、そうだ」

友三郎は面倒くさそうに、

「じゃあ、俺は行く。お蝶の動きがわかったら、また知らせる」

友三郎が引き上げたあと、お紺は胸がざわついた。

「やっぱり何かしっくりしない」

「何がですか」

定吉がきいた。

「友三郎のことよ。なんだか、友三郎の言うがままに動かされているような気がして」

「そうでしょう。あっしもなんとなくそう感じていたんです。でも、お蝶を殺すことには本気で動いています。西方寺でも、護衛の手下を防いでくれていました。あっしに迷いさえなければ、目的を果たせたかもしれないんですから」

「そうだね」

お紺は呟き、

「雇い主は私なのに、友三郎はまるで善次さんから頼まれているような気がする。私が不審を抱いている相手は善次さんかも。善次さんはおかしらの残した金に目が眩んで……」

お紺は声を震わせた。

「姐さん、善次さんに会いに行きませんか。あっしも友三郎がどういう男か知りたいんです」

「行きましょう」

お紺は即座に応じた。

暮六つ（午後六時）の鐘が鳴っている。お紺と定吉は永代橋《えいたいばし》を渡った。

橋を渡り、佐賀町《さがちょう》に入ると、油堀《あぶらぼり》に出た。その堀沿いに進むと、やがて富岡橋、俗にいう閻魔堂橋に出る。

橋を渡ると、善次の店が見えてきた。すでに表戸は閉まっているが、潜り戸は開いていた。

お紺と定吉は潜り戸をくぐった。土間に入ると、帳場格子の中に善次がいて、算盤《そろばん》を弾いていた。

「善次さん」

お紺が声をかけた。

善次は顔を上げて、顔色を変えた。

「お紺じゃないか」

善次があわてたように立ち上がった。

「このひとは？」

「助けてくれた定吉」

定吉が善次に会うのははじめてだ。

「おまえさんが定吉さんか。どうしてここに？」

善次はお紺に顔を向けた。

「ききたいことがあって」

「ちょっと待て」

善次は奥に行った。しばらくして通いの婆さんが出てきた。お紺と定吉は背中を向けて婆さんをやり過ごした。

婆さんが潜り戸を出ていってから、

「上がれ」

と善次は言い、土間に下りて潜り戸の閂《かんぬき》をかった。

庭に面した部屋に通し、善次は改めてきいた。

「ききたいことってなんだ？」

「友三郎さんのことだよ」

「友三郎さんがどうした？」

「善次さんとどういう関係なの？」

「俺とは直接関係ない。俺が信頼し、懇意にしている方から引き合わせてもらった。信用できる男だからと」

「懇意にしている方って？」

「それは言えない。万が一のとき、迷惑がかかっちまうからな」

「その方から友三郎さんのことはどう聞いているの？」

「いったい、どうしたと言うんだ？　友三郎さんがどうかしたのか」

善次は厳しい顔になった。

「まるで、私たちは友三郎さんに使われているような気がした。ほんとうは私が雇い主なのに勝手に動いて。よけいに動いたぶんのお金は善次さんからもらっているのかい」

「友三郎さんは頼まれたことはちゃんとやる男だ。だから、俺は全面的に任せている」

善次はむきになる。

「友三郎さんは善次さんに雇われていると思っているんじゃないの」

「そんなことはない」

善次は渋い顔で否定する。

「善次さん」

定吉が口を出した。

「友三郎さんは善次さんのところに顔を出すんですか」

「いや、来ない」

「ほんとうですか」

「どういうことだ？　友三郎さんがここに来ているとでも言うのか」

善次は怒ったように言う。

「友三郎さんはどうして手伝ってくれたんですかね」

「どうして？」

「金じゃないんですか」

「そうだ。金だ」

「姐さんと友三郎さんで最初に決めた額があるはずですが」

「そうだ。それで、動いている」

「新たに金が必要になったと、友三郎さんが金を引っ張りだそうとしませんか」

善次が眉根を寄せた。

「どうなんですか」

「なぜ、そんなことをきく？」

「友三郎さんはいろいろやってくれています。どうして、そこまでやってくれるんだろうと思うぐらい」

定吉が言う。

「金だ」

善次が言う。

「友三郎さんはあらたに善次さんから金を引っ張り出しているんじゃないかと。だから、あれだけ熱心にいろいろと」

「…………」

　善次はまた黙った。

「入谷の隠れ家から運んだ金はおかしらのものです。今は、姐さんのもの。ただ、善次さんに預ってもらっているだけで、善次さんのものじゃありません」

「まるで、俺がその金をどうにかしようとしているとでも言いたげだな」

　善次が色をなした。

「そうじゃないんですね」

「当たり前だ」

「お蝶を襲うのにしくじる度、追加の金を言われるまま渡しているんじゃないでしょうね」

　お紺が念を押してきいた。

「いいか、お紺。俺はおまえたちの望みを叶《かな》えさせるために、友三郎さんをうまく使っているんだ」

「善次さん。友三郎さんが言ってましたが、善次さんは盗人仲間と付き合いがあるんですね」

　定吉が口にした。

「なに？」

「姐さんにここに顔を出すなと言っていたのは盗人仲間とのつながりがあるからですね。姐さんのことで奉行所に目をつけられたら」

「ばかばかしい。そんなことで俺がお紺を邪険にするものか。第一、盗人仲間との付き合いなどない」

善次は激しく言い、

「友三郎さんを世話してくれた方も盗人とは無縁だ」

「じゃあ、なぜ、友三郎さんは善次さんが盗品を売買していると言ったんでしょう」

「わからねえ。だが、おまえたちが勝手に動き回ると役人に見つかる危険があるから、そういう言い方をして注意を呼びかけたのだろうよ」

「それならいいんですが、これから友三郎さんに金を渡すときは姐さんに断ってくださいませんか」

定吉は頼んだ。

「別の場所にいるんだ。いちいち、お紺に了解はとれねえ」

善次は乱暴に言う。

「友三郎さんが何か言ってきたら、姐さんに相談しろと言えばいいんですよ。あっしらは友三郎さんに使われてるんじゃありませんからね」

定吉は吐き捨てるように言い、さらに付け加えた。

「それから預けてある金は最後に必ず姐さんに返してくださいよ」

「こんな大事件を起こして、おまえたちは今度も生き延びられると思っているのか」

「大事件だったら、善次さんだって共犯ですぜ。姐さんが生き延びられないということは、善次さんも同じ運命を辿《たど》るってことですぜ」

「………」

「善次さん。私は何も疑っているわけじゃない。友三郎さんはいろいろやってくれているけど、なんだか私たちがいいように使われているような気がして……」

「そんなことはない。依頼を忠実に果たそうとしているんだ。ちょっと横柄なところがあるから、そう見えたかもしれないが、友三郎さんはそんなひとじゃない」

「でも、善次さんは友三郎さんのことをよく知らないのだろう？」

お紺は矛盾をつく。

「俺の知り合いがそう言っていたんだ。仕事をちゃんとやる男だと言っていた。だが、もし会うことがあったら、お紺に相談するように言っておく」

善次は取り繕うように言う。

「その知り合いというひとと友三郎さんはどんな関係？」

「知らない」

「そう」

ほんとうに知らないのか。知っていて隠しているのか。善次は知り合いがどんな人物か口にしようとはしなかった。

「遅くならないうちに帰ったほうがいい。ともかく、探索は厳しくなっているようだ。いつ、ここも奉行所に目をつけられるかもしれないからな」

善次は急かすように言う。

「わかった」

お紺は立ち上がった。

善次が潜り戸を出て外の様子を窺った。

戻ってきて、

「だいじょうぶだ」

と、声をかけた。

「じゃあ、気をつけてな」

お紺と定吉は潜り戸から出て、閻魔堂橋のほうに向かう。

橋を渡って、小柄な男が胸に風呂敷包みを抱えてやってきた。三十半ばぐらいの鋭い目つきの男だ。すれ違ったあと、振り返ると、善次の店に向かった。

「誰だろう」

お紺は呟いた。

「堅気とは思えませんね」

定吉が言う。

「ええ。やっぱり、裏の者たちと付き合いがあるようだね」

「姐さん。金がちゃんとあるかどうか、確かめればよかったですね」

定吉はまだ不審を解いていなかった。

二

朝方、『幡随院』に河下又十郎がやってきた。

長兵衛は土間に出ていった。

「定吉を診た牢屋医師がわかった。牢屋敷に本道《ほんどう》がふたり、外科ひとりの牢屋医師がいるが、定吉を診たのは寺田朴仁《てらだぼくじん》という本道の医師だ」

又十郎が告げた。

「寺田朴仁ですね。で、医院の場所は？」

「横山町一丁目だ。寺田朴庵《ぼくあん》という医者の息子だ」

「わかりやした」

「今日は牢屋敷に詰めているのでしょうか」

「今日は非番だ。会うんだったら今日がいいだろう」

又十郎はすぐに、

「会いに行くのか」

と、確かめた。

「へい」

「何を調べるのだ？」

「夜泣き蕎麦屋の喜助の動きが気になるんですよ。牢屋敷の役人の厳しい目をくぐり抜けてどうやって特殊な薬と文が定吉に届いたのか」

「それは差入を検める牢屋役人の失態だ」

「それだけじゃないような」

「…………」

「ともかく、寺田朴仁に会ってみます」

「そうか」

又十郎が引き上げたあと、長兵衛はついて行くと言うお蝶といっしょに『幡随院』を出た。途中まで、吉五郎がついてきた。

「親分、つけている男はいないようです」

駒形まで来たところで、吉五郎が声をかけた。

「そうか。ご苦労だった」

「じゃあ、お気をつけて。あっしは念のためにつけている者がいないか、しばらくここで見張っていますので」

「じゃあ」

長兵衛とお蝶は吉五郎と別れた。

空は澄み渡っている。風もさわやかで、行き交うひとの顔も清々《すがすが》しい。平穏な町の風景だ。お蝶を狙う輩《やから》がいることすら忘れそうだ。

蔵前から浅草御門を抜けて、横山町一丁目に着いた。

寺田朴庵の医院はすぐわかった。

「よし、俺が外に連れ出す」

長兵衛は言い、格子戸を開けた。

助手らしい女が出てきた。

「幡随院長兵衛というものだが、寺田朴仁先生にお会いしたい」

「どんな御用で？」

「定吉という男が逃げた件だと伝えてもらいたい」

「定吉という男が逃げた件ですか」

助手の女が復唱し、奥に引っ込んだ。

ほどなく、三十過ぎの小肥《こぶと》りの男が現われた。

「朴仁だが」

警戒ぎみに長兵衛の顔を窺う。

「あっしは花川戸の幡随院長兵衛と申します。小伝馬町の牢屋敷から牢抜けした定吉という男の件で、先生にお訊ねしたいことがありまして」

「どんなことだ?」

朴仁は不安そうな顔をした。

「申し訳ありません。ちょっとそこまでお付き合い願えませんか」

「私は忙しいんだ」

「では、こちらでお話ししてよろしいのでしょうか」

「なに?」

「あっしのほうはここでも構いません。先生がお気になさるかと思ったものですから」

「………」

朴仁はますます不安を募らせたようで、

「わかった」

と、震えを帯びた声で言った。

「では、すぐそこにある空き地で待っていますので」

長兵衛は先に土間を出た。

戸口で待っていたお蝶と空き地まで行く。周囲に怪しい人影はなかった。

空き地に着くと、お蝶は手拭いを頭からかぶった。

少し遅れて朴仁がやってきた。朴仁はお蝶に目をやって不審そうな顔をした。

「朴仁先生」

お蝶が手拭いをとって朴仁の前に出た。

「あっ」

朴仁は叫んだ。

「どういうことだ？　もう関係ないはずだ」

「そうは行きませんぜ」

長兵衛はわざとらしく言い、

「このまま出るところに出てもいいんですぜ」

と、脅した。

「話が違う」

「どんな話ですね」

「定吉を溜に運ぶように手配すればもう私の前に現われないと」

「先生を脅したのは誰ですね」

「細身で背が高く、三十半ばぐらいの無気味な男だ」

お時の亭主の前に現われた男に違いない。

「その女だって、わざと私に近づいて嵌《は》めた」

朴仁が声を震わせて訴える。

「朴仁先生。よく、この女を見てください」

長兵衛は言う。

朴仁は改めてお蝶を見た。

「えっ」

朴仁はまた叫んだ。

「違う」

「そうです。先生を色仕掛けでたぶらかしたのは別の女です」

「…………」

「先生、何があったか話してもらえませんか。奉行所に訴えようなんて気は毛頭ありません。ただ、何があったか、真実を知りたいだけなんです」

長兵衛は訴えた。

「朴仁先生をたぶらかしたのはお紺という女です」

お蝶が口にした。

「………」

「先日獄門になった繁蔵の情婦です。先生が私をお紺と見間違えたように、定吉も勘違いして私に押込みの話をした。そのために一味は捕縛され、おかしらの繁蔵は引き回しになった……」

　お蝶は経緯を説明した。

「難を逃れたお紺は、私に復讐するために定吉を牢抜けさせようとして、先生を利用したのです」

「私が明け番で牢屋敷から帰るとき、お紺という女が道端で苦しんでいた。すぐ痛みは和らいだが、礼が言いたいからと」

「お紺の誘惑に乗ったのですね」

「出合茶屋に誘われて……。でも、そのあと、細身で背の高い男が現われたんだ。美人局に引っ掛かったと思ったときはもう遅かった。手込めにされたと訴えられたくなければ、言うことを聞けと」

　朴仁は無念そうに言う。

「で、相手の要求は？」

「定吉を重病人と診断して溜送りにしろと」

「いくら牢屋医師とはいえ、病気でもない定吉に近づくのは容易なことではなかったはずだが？」

「確かに、苦労した。だが、ほんとうの病人が出た。その治療に牢に入ったとき、隙を見て定吉に話しかけた。牢内は静かだ。だから、耳元で囁いたのだ。飯を食わず、苦しそうに呻いていろと。そして差入があった次の日に決行だと伝えた。お紺さんの言伝てがあるから、急病の振りをしろと言い、牢屋を出た。そしたら、後日、牢内で急病人が出たと牢屋同心が呼びに来た。定吉だった」

朴仁は続けた。

「ふつか後に差入があったそうだ。その翌日、定吉は苦痛を訴えた。もともと、あの男は自分を責めていて、毎日苦しそうにしていたので重病と見立てても誰にも不自然に思われなかった」

「定吉は先生の言葉を疑いもせずに、飯も食わず、重病人の振りをしたのか」

「お紺さんの名を出したから信用したのだ」

「そうか」

長兵衛は頷き、

「定吉への差入にはどんな意味があったのだ？」

「あれは私が頼んだのだ」

朴仁は言う。

「どういうことだ？」

「定吉が溜に運ばれる途中に牢抜けしたら私が疑われる、と抵抗したら、細身で背の高い男が、疑いが私に向かないように細工をすると約束した。それがあの差入だ」

「じゃあ、差入の品物には何の仕掛けもなかったのか」

長兵衛は顔をしかめた。

「そうだ。牢屋同心は皆、差入の品物に薬や文が入っていたと考えている。だから、私は疑われずに済んだ」

「なるほど」

「頼む。ちゃんと話したのだ。このことは黙っていてくれ」

朴仁は必死に頼んだ。

「別に訴えるつもりもないし、今さら、真実がわかっても何も出来るわけではない。ただ、細身で背の高い男のことが知りたい。どこの誰か手掛かりはないか」

「いや。初めて見る顔だった」

「もし、どこぞで見かけたら教えてもらいたい」

「ああ」

朴仁は曖昧に頷いたが、その男が捕まったら、自分のことをばらされるかもしれないのだ。仮に見つけても、黙っているような気がした。

「もういいか」

朴仁は辺りを見まわして言う。

「どうぞ」

朴仁は逃げるように引き上げた。

その後ろ姿を目で追いながら、

「このまま見逃すのも癪《しゃく》だが、今さら糾弾しても仕方ない」

と、長兵衛は溜め息混じりに言う。

「でも、定吉が牢抜け出来た真相がわかってよかった。夜泣き蕎麦屋の喜助に差入をさせ、美しい女からだと言わせたのも、細身で背の高い男でしょうね」

「すべてその男が取り仕切っているようだ」

定吉とお紺のために動いている男。いったい、何者なのだと、長兵衛は見えない敵に対して怒りを持った。


横山町を出て、両国広小路《ひろこうじ》を抜けて浅草御門に差しかかった。すると、勝五郎と弥八が立っていた。

「どうしたんだ？」

長兵衛はきいた。

「へえ、親分と姐さんを迎えに」

「それはご苦労だったね」

お蝶がねぎらう。

「吉五郎の指図か」

吉五郎は『幡随院』に戻ったあと、気になって勝五郎と弥八を迎えにやったのだろうと思った。

「いえ、あっしらの考えで」

「まさか、吉五郎に黙って出てきたわけじゃあるまい？」

「へえ」

ふたりはばつが悪そうに俯いた。

「まあ、いい。さあ、帰ろう」

「親分。じつは吾平もいっしょだったんです」

弥八が口にした。

「吾平？　それで、どうしたんだ？」

「それがここまで来たとき、柳原の土手のほうに歩いていく遊び人ふうの男を見て、あとを頼むと言って、その男のあとをつけて」

「なんだと」

長兵衛は眉根を寄せ、

「つけていく理由を、吾平は何も言わなかったのか」

「へえ」

「遊び人ふうの男って、どんな感じだった？」

「後ろ姿しか見ていませんが、中肉中背で、若かったように思えました」

弥八が思いだしながら言う。勝五郎も頷く。

「ふたりには心当たりはないのだな」

「へえ」

西方寺でお蝶が襲われたときに、供でいたのは勝五郎と弥八だ。吾平はいなかった。だから、定吉たちの仲間のひとりに似ていたというわけではないようだ。

いったい、吾平は誰を見たのだろうか。

「柳原の土手か」

長兵衛はお蝶に向かい、

「先に勝五郎たちと帰ってくれ」

「吾平を追うのかえ」

と、お蝶はきいた。

「親分。あっしらが吾平を探します」

「いや、いい。おまえたち、お蝶を頼んだ」

「でも」

勝五郎と弥八は戸惑いを見せた。

「じゃあ、頼んだ」

長兵衛はふたりに言い、柳原の土手に向かった。

柳の葉が風にそよいでいる。土手に上がった。ひとの姿は多いが、吾平の姿は見えない。長兵衛は走った。新シ橋《あたらばし》を過ぎ、和泉橋《いずみばし》に近づく。だが、吾平の姿はない。川の対岸にも吾平の姿はない。

長兵衛はさらに和泉橋の袂を過ぎ、筋違橋《すじかいばし》のほうに向かった。

柳森《やなぎもり》神社の前に差しかかったとき、境内から吾平が出てきた。

「吾平」

長兵衛は思わず大声を出した。

「親分。どうしてこんなところに？」

吾平が不思議そうにきく。

「浅草御門で勝五郎と弥八に会った。そしたら、おまえが遊び人ふうの男のあとをつけていったというのでな」

「それでわざわざ」

吾平は恐縮したように、

「すみません」

「いや、それよりどうしたのだ？　遊び人ふうの男とは誰なんだ？」

「それが」

吾平は真顔になり、

「いつぞや、五人のならず者に追われていた商家の手代ふうの男を助けたことがありましたね」

「うむ。天田の彦太郎親分に助けられたときだな」

「へい。そのときの手代に目の前を横切った遊び人ふうの男が似ていたんです」

「似ていた？」

「へえ、雰囲気は違うんですが……。で、気になってあとをつけたんです。そしたら、男はこの神社の境内に入ったんです。しばらく待っていたんですが、なかなか出てこないので境内に入ってみたらどこにもいませんでした」

「気づかれていたようだな」

「へい」

「あのときの男だったのか」

長兵衛は確かめる。

「いえ、わかりません。それを確かめようとしたのですが……」

「まあいい。さあ。引き上げよう」

長兵衛と吾平が『幡随院』に帰ると、勝五郎と弥八が飛び出してきた。

「お帰りなさい」

吉五郎が出迎える。

「吾平、だいじょうぶだったか」

弥八が声をかける。

「心配かけて」

吾平は頭を下げた。

「親分。姐さんからお聞きしました。牢屋医師が片棒を担いでいたそうですね」

「そうだ。だが、この真相がわかったところで、まだどうしようもない」

長兵衛は苦笑した。

「これから、相模守さまのところですね。お供しますので」

吉五郎は絶対に譲らないというように返事を聞かずに長兵衛の前から離れた。

長兵衛は苦笑し、

「吉五郎、頼んだぜ」

と、声をかけた。

三

その日の昼下り、長兵衛とお蝶は駿河台にある作事奉行、旗本井村相模守の屋敷に入っていった。

玄関に用人の河原孫兵衛が迎えに出て、長兵衛とお蝶を客間に通した。

女中が茶菓を置いて去ったあと、四半刻（三十分）ほど待たされた。

長兵衛がぬるくなった茶に口をつけたとき、襖が開き、孫兵衛とともに相模守が入ってきた。

長兵衛とお蝶は低頭して迎えた。

「待たせたな」

ふたりの前に腰を下ろし、精悍《せいかん》な顔つきの相模守が言う。

「いえ」

「長兵衛。紹介せよ」

さっそく、相模守が言う。

「はっ。女房のお蝶にございます」

長兵衛は紹介した。

「お蝶にございます。お奉行さまにはお世話になっております」

お蝶が如才なく挨拶をする。

「なるほど。噂どおりの美形だ」

相模守が満足げに頷く。

「恐れ入ります」

お蝶は軽く頭を下げた。

「松尾播磨守どのの息女に化けた押込みのかしらの情婦に似ていたとは、盗人には運がなかったとしか言いようがない。播磨守どのから押込みの一件を聞いて、見抜いたのが長兵衛の妻女と知り、一度会ってみたいと思ってな」

「恐れ入ります」

「長兵衛、いい妻女を持ったものだ」

「はい。私には過ぎた女房でございます」

「ようぬけぬけと」

相模守が笑った。

長兵衛は軽く頭を下げた。

「いや。確かに幡随院長兵衛の名が高まったのは、女房お蝶のおかげも大いにあるという材木問屋の主人たちの話も頷ける」

「お奉行さま」

お蝶が口をきいた。

「このたびの将軍家菩提寺の大伽藍の修繕工事に関わる人足派遣についての入札《いれふだ》のお誘いをいただき、ありがとうございます」

お蝶は礼を言ったあと、

「この工事は材木問屋の『丸正屋』さんが請け負うことになっていると聞いておりました。『幡随院』がしゃしゃり出て、『丸正屋』さんのほうはだいじょうぶなのでしょうか」

「待て」

相模守が制した。

「確かに、『丸正屋』が請け負うという話はあるが、まだ正式に決定したわけではないのだ。もうひとつの候補の材木問屋もある」

「どちらさまで？」

「『大城屋《おおしろや》』だ」

「『大城屋』さんですか」

「十年前に『大城屋』は商いを小さくしたが、娘婿《むすめむこ》の代になってまた『大城屋』を興した。最近、目ざましく伸びている」

「ひょっとして『大城屋』と『幡随院』を組ませて？」

長兵衛が身を乗り出してきいた。

「いや。そこまでは考えていない。あくまでも、『幡随院』にも入札に加わって欲しいと思っただけだ」

相模守の歯切れが悪くなった。

「ともかく、最初からひとつに決めるのはよくない。だから、材木問屋では『大城屋』に、人足派遣では『幡随院』に加わってもらいたいということだ。ただ、これだけは申しておくが、わしが勧めたからといって入札で有利に働くことはない」

「わかっております」

「ともかく、参加するように」

「はっ」

「別間で、簡単に酒席を用意した。くつろいでいくように」

「はっ」

相模守は引き上げていった。

「では、こちらに」

孫兵衛が立ち上がって、ふたりを別間に案内した。

半刻（一時間）後に、長兵衛とお蝶は相模守の屋敷を出た。

門を出たところで、吉五郎たちが待っていた。

「ごくろう」

長兵衛はねぎらう。

「いえ。無事にお済みですか」

吉五郎は長兵衛に長脇差を渡してきく。

「うむ」

長兵衛は長脇差を腰に差した。

「姐さん、なんだか浮かない顔ですが」

吉五郎がきいた。

「どうも相模守さまの様子がしっくり来ないんだよ」

お蝶は眉根を寄せたまま言う。

「何があったんですね」

「菩提寺の修繕工事の入札に参加させたがる理由だよ。最初は、押込みを未然に防いだ長兵衛の女房に興味を持ったようなことを言っていたけど、どうも他にわけがあるようだ」

「どんなわけですね」

吉五郎がきく。

「わからない。だけど、何かありそうだね」

「まあ、詳しい話は帰ってからだ」

長兵衛は周囲に目を配りながら、駿河台の坂を下っていった。

柳原通りに入る。大勢のひとが行き交い、土手のほうに並んでいる古着の床見世《とこみせ》の前にも客の姿がある。

ふと、吉五郎が厳しい目をした。

「親分」

「うむ。何者かがこっちを見ているな」

長兵衛が鋭く言い、

「人込みに紛れて襲ってくるかもしれない。用心しろ」

と、勝五郎たちに告げる。

「へい」

勝五郎たちも辺りに目を配る。射るような視線はずっとついてくる。

「親分、あっしは床見世の裏手から行きます」

吉五郎が言って歩みを止め、長兵衛たちが少し進んでから素早く床見世の裏にまわった。長兵衛は用心しながら歩き出したが、やがて視線は消えた。

吉五郎が戻ってきた。

「怪しい男が土手に向かって逃げていきました」

「ひとりか」

「いや、ひとりです」

「ひとりのはずはない」

長兵衛は厳しく言う。

「この先で待ち伏せしているのかもしれませんね」

「うむ」

一行は浅草御門を抜けて蔵前に向かう。人通りが多く、襲撃には適さない。だが、浅草御蔵《おくら》の米蔵は通りから奥まっており、通りとの間に広い草地が続いている。そこで強引に襲ってくることも考えられる。

なにしろ、真っ昼間に溜に向かう定吉の一行を襲った連中だ。また、西方寺での襲撃も昼間だった。

三味線堀に繋がる忍川《しのぶがわ》にかかる鳥越橋《とりごえばし》を渡った。

「みな、用心しろ」

吉五郎が声をかける。

長兵衛は辺りに警戒の目を走らせる。

再び、強い視線を感じた。前方から網代笠《あじろがさ》をかぶり、墨染め衣で手甲脚絆《てこうきやはん》に草履履き、首に頭陀袋《ずだぶくろ》を下げた行脚僧《あんぎゃ》がやってくる。大柄な男だ。杖《つえ》をついているのを奇異に思った。

行脚僧は長兵衛たち一行を避けるように片側に寄り、すれ違った。そのとき、頬被りをした数人の男が米蔵の脇から姿を現わした。

「出たな」

長兵衛が叫んだとき、行脚僧がいきなり仕込み杖から剣を抜いて一行の中に躍り込んできた。長兵衛は素早くお蝶の前に立った。

行脚僧は仕込み剣を構えた。

「おまえは定吉ではないな」

長兵衛は長脇差を抜いて問いかける。

相手は長兵衛目掛けて仕込み剣を突きだし、後退って避けると、剣を振り回して迫った。長兵衛は長脇差で相手の剣を弾く。

「定吉ではないな」

長兵衛がもう一度きくと行脚僧は後退った。

そして、いきなり逃げだし、森田町《もりたちよう》の角を曲がった。頬被りの連中も駒形町のほうに逃げていった。

勝五郎と弥八が追おうとしたが、

「待て」

と、長兵衛は引き止めた。

「敵は八人はいる。今現われたのは行脚僧を入れて四人だ。あと、四人いる。何を企んでいるかわからねえ」

「逃げ足の早い連中ですね」

吉五郎が舌打ちする。

「行脚僧は定吉ではなかった」

長兵衛が言う。

「定吉ではない？」

「西方寺で会った男と違う。もっと背が高かった」

長兵衛はお蝶の顔を見て、

「定吉はやはりお紺を思いだしてお蝶を襲えないのかもしれない」

と、呟いた。

「新たな襲撃者ね」

お蝶が言う。

「そうだ。定吉より腕が立つ」

長兵衛は吐き捨てた。

その後は何事もなく、花川戸の『幡随院』に帰ってきた。

居間に落ち着いてから、長兵衛は吉五郎を呼んだ。

「菩提寺の修繕工事には材木問屋と口入れ屋が手を組んで入札に加わっているようだ。やはり相模守さまは『幡随院』と『大城屋』を組ませたいようだ」

長兵衛は事情を説明する。

「そうですか。それならそうとはっきり言えばいいんじゃないですか」

吉五郎も首をひねる。

「ただ、わからないのは相模守さまは『幡随院』にこの仕事を受けさせたいようなのだ。入札を勧めたからといって『幡随院』に有利に働くわけではないと言っていたが、『幡随院』の肩を持ってくれていることは間違いない」

長兵衛の言葉をお蝶が引き取った。

「そこなんだよ。どうして、『幡随院』を贔屓にしてくれるのか。押込みを未然に防いだことを理由に上げているけど、どうもしっくり来ないのさ」

お蝶が不思議そうに言う。

「ほんとうに姐さんが押込みを未然に防いだってことが相模守さまの胸を打ったのかもしれませんよ。相模守さまが『幡随院』に好意的なのは結構なことではありませんか」

吉五郎は前向きにとらえる。

「それはそうだが」

長兵衛は呟き、

「ともかく、人足をどのくらい用意出来るか、まとめておいてくれ」

と言い、立ち上がった。

「おまえさん、どこに？」

「人形町通りだ」

「先代のところ？」

「ちょっと気になるので、『大城屋』についてきいてくる」

「誰か付けましょうか」

吉五郎がきく。

「なに、必要はない」

敵はお蝶が狙いなのだ。

長兵衛は『幡随院』を出た。

半刻余り後、長兵衛は人形町通りの『小染』にやって来た。

親父は濡れ縁に腰を下ろし、煙草をくゆらせていた。

「長兵衛か」

「どうしたんですか、なんだか物思いに耽《ふけ》っているようですね」

親父は振り返り、誰もいないのを確かめて、

「じつはお蔦《つた》のことを思いだしていたんだ」

小声で囁くように言った。

「おっかさんのことを？」

「ああ。去年七回忌をすませたあと思いだすこともなかったが」

「もう七年になるのですね」

長兵衛の母お蔦は長患いの末に七年前に三十八歳の若さで亡くなった。長兵衛が十九歳のときだった。

「七年か。早いものだ」

親父はしんみりと、

「俺がもう隠居していることを知ったら驚くだろうな」

と、苦笑した。

が、すぐ真顔になって呟いた。

「今の長兵衛を見せてやりたかったぜ。立派になった倅を見て、涙を流して喜んだろう」

いつも陽気な親父にしては珍しい。

あっと、長兵衛は気づいた。

「なんだ？」

親父は眉根を寄せた。

「ひょっとして、お染さんと喧嘩したんじゃありませんか」

「………」

「そうなんですね。何が原因なんですね」

「くだらないことだ。それより、何か用か」

「ええ。ちょっとききたいことがあって」

長兵衛も濡れ縁に腰を下ろし、

「材木問屋の『大城屋』のことです」

と、口にした。

「『大城屋』がどうかしたのか」

「仕事でいっしょになるかもしれないので、知っておきたいのです」

「そうか」

親父は新しく煙管に刻みを押し込み、火を点けてから口を開いた。

「『大城屋』は中堅どころの材木問屋だった。先代が三年前に亡くなったあと、代を継いだ娘婿の今の仙右衛門《せんえもん》がなかなかの遣《や》り手でな。作事奉行や普請奉行、勘定組頭《くみがしら》にまで食い込んでいき、どんな小さな仕事でも請け負い、信用を得てきた。特に作事奉行とは親しくなっていったようだ」

「作事奉行は井村相模守さまですね」

「そうだ。相模守さまも三年前に作事奉行になった。仙右衛門も同じ時期に代を継いでいるのでお互い親しみを感じやすかったのかもな」

「かなり深い付き合いなんですか」

「賄賂《まいない》も渡しているだろう。もっとも、どの材木問屋も同じようなことをしているだろうがな」

「仙右衛門さんはいくつなんですね」

「三十半ばだ」

「そうですか」

「『大城屋』といっしょに仕事をするのか」

「ええ。じつは、今日、作事奉行の相模守さまに招かれて、駿河台のお屋敷に行ってきたんです」

「相模守さまに招かれた?」

親父が目を見開いた。

「ええ、今度の将軍家の菩提寺の修繕工事に入札をしろと勧められていたのです」

「作事奉行が入札を勧めた？」

「はい」

「作事奉行の相模守さまがそんな真似をするはずあるまい」

「じつは先日のお蝶の活躍を耳にして……」

その経緯を話した。

「それだけで、相模守さまが『幡随院』を贔屓にするとは思えぬ」

「入札で優位になるというものではないと言われています」

「妙だな」

親父は煙管の雁首を灰吹に叩いて灰を落とした。

「もし、相模守さまが『幡随院』を贔屓にする思いがほんものなら……」

「なんです？」

「もしかしたら、その入札はすでに『大城屋』に決まっているかもしれねえな」

「まさか」

「いや、仙右衛門のことだ。あっちこっちに賄賂を贈って地固めをしていたのだ。相模守さまはお蝶の件で『幡随院』を気に入り、『大城屋』と組ませることで仕事を」

「そんなことありえましょうか」

長兵衛は信じられなかったが、その可能性も皆無とはいえないと思った。

「でも、だいぶ参考になりました」

長兵衛は礼を言って立ち上がった。

「じゃあ、帰ります」

「もう帰るのか」

「ええ。お染さんと早く仲直りしてください」

「わかった」

親父は頷いてから、

「そうそう。徳の市がおまえに会いたがっていた」

と、口にした。

「徳の市さんが？　今度、ここに来るのはいつですか」

「三日後だ」

「三日後ですか。徳の市さんの住まいはどこだかわかりませんか」

「わからねえ」

「そうですか。わかりました。じゃあ、お染さんによろしく」

長兵衛は『幡随院』に引き上げた。

四

翌朝、同心の河下又十郎がやってきた。

客間で、長兵衛と又十郎は差し向かいになった。

「今、吉五郎に聞いたが、昨日また襲われたそうだな」

又十郎が厳しい顔できいた。

「ええ。浅草御蔵の前で、行脚僧の格好をした男がすれ違いざまに襲ってきました」

「待ち伏せていたのか」

「ええ。どこかで『幡随院』を出かけたのを見ていたようです」

「奉行所の者が見廻《みまわ》っているが……」

又十郎は悔しそうに言う。

「ところで、河下さまのご用向きは？」

長兵衛は促した。

「経過の報告だ」

そう言い、又十郎は続けた。

「向島一帯を探索していたが、お紺と定吉らしいふたりが小梅村の一軒家に匿《かくま》われていたことがわかった」

「じゃあ、その家の者から何か手掛かりが？」

「いや。その家の主は亀戸天神の近くで商売をしていて、小梅村の家には帰っていない。例の長身の男から頼まれて、ひと月の約束で貸しただけのようだ。留守番の婆さんの話だと、牢抜けした次の日からふたりは住みついたようだ。ときたま、長身の男が訪ねてきていたそうだ」

又十郎は続ける。

「ふつか前の朝、朝霧が立ち込めている中をふたりは出ていったという。業平から竪川のほうに向かう男女が目撃されていた。その男女がお紺と定吉ではないかと思われる」

「やはり、長身の男ですか」

「その男が陰で糸を引いているようだ」

「小梅村の家の主人と長身の男の関係は？」

「特にない。家を貸したのは小遣い銭稼ぎだったようだ。牢抜けした囚人が家を使っていたと話したらびっくりしていた」

「そこから手掛かりは摑めませんね」

長兵衛は落胆した。

「うむ。それと、お紺といっしょに街道筋で盗みを働いていた男の名がわかった。善次という。行方はまだわからぬ。今は何食わぬ顔で、ふつうの暮らしをしているのだろう。だが、それは表向きだ。例の長身の男をお紺に引き合わせたのは善次だと思っている」

「善次ですか」

「まあ、徐々にだが、お紺と定吉に迫っているという手応えはある。いずれ、善次は見つかる」

そう自信を見せて、又十郎は腰を上げた。

又十郎を見送って長兵衛は居間に戻った。

煙管をとりだし、刻みを詰めて火を点ける。

いったい、お紺と定吉の背後にいる長身の男は何者なのか。金で動いているのだろうが、金以上の因縁が何かあるのではないかという気さえするほど、お蝶に対して執拗だ。

長兵衛は煙草の煙を目で追いながら、もし長身の男の狙いが別にあるとしたら、それはなんだろうと考えた。

雁首を長火鉢に叩いて灰を落とし、新しく刻みを詰める。

煙を吐きながら、まだ考えを続けた。

他に狙いがあるとしても、長身の男がお蝶を殺そうとしていることは間違いない。もしや、そこに別の理由があるのでは。

お紺と定吉ははっきりしている。逆恨みではあるが、繁蔵の恨みを晴らすことだ。だが、長身の男は別の理由から、お蝶を始末しようとしている。

どんな理由が考えられるか。

「親分」

吉五郎の声がした。

「彦太郎親分がおかみさんといっしょにお見えです」

「なに？」

「おかみさんも」

お蝶もあわてた。

長兵衛はふたりを客間に通すように言い、お蝶は女中に指図をして酒肴《しゅこう》を用意させた。

ふたりで客間に出向く。

「これは彦太郎親分」

長兵衛はふたりに挨拶をする。

「いきなり訪ねてすまなかった。観音様まで来たら、女房がお蝶さんに会ってみたいと言いだしてな」

彦太郎が言う。

「女房のお葉《よう》だ」

「お葉です。いつもうちのひとがお世話になっております」

お葉はおでこの広い目鼻だちの整った顔で、凛として挨拶をした。二十八歳のお蝶と同い年ぐらいか。

「お蝶です。こちらこそ、お世話になって……」

お蝶が挨拶をした。

「お噂通りの美しいお方ですね」

お葉が目を細める。

「とんでもない。お葉さんのほうこそ」

お蝶とお葉はすぐに打ち解けた。

女中が酒膳を運んできた。

「いきなり訪ねて忙《せわ》しい思いをさせてしまいましたね」

お葉がすまなそうに言う。

「いえ、たいしたことも出来ませんで」

お蝶が答える。

酒を酌み交わすうち、ふと思いだしたように、彦太郎が口にした。

「その後、お蝶さんを狙っている男は?」

「まだ、捕まっておりません。でも、お蝶は私が守ります」

長兵衛は覚悟を見せるように力強く言った。

「お蝶さん、仕合わせですね」

お葉が微笑む。

「おいおい、俺だっておまえを命懸けで守る」

彦太郎が真顔で言う。

「お葉さんも仕合わせですね」

「まあ、そうね」

お葉はうれしそうに彦太郎の顔を見た。

「ところで、『幡随院』は今度の将軍家の菩提寺の修繕工事の入札には関わらないのか」

いきなり彦太郎がきいた。

「じつは今回の入札は材木問屋の『丸正屋』さんが請け負い、口入れ屋も『丸正屋』さんが決めると聞いていたのですが……」

長兵衛は言いよどんだ。作事奉行の相模守から勧められたとは言いづらく、

「だめもとで入札に加わろうかと思っています。次回やその先のことを考えたら入札に加わっておいたほうがいいと思いまして」

「そうよな」

彦太郎が頷く。

「『天田屋』さんは参加しているのですか」

「いや」

彦太郎は答える。

「ただ、俺のところは『丸正屋』から絶大な信頼がある。『丸正屋』が仕事を請け負えば、当然、『天田屋』に声がかかるだろう」

「『丸正屋』と手を組んでいらっしゃるんですか」

長兵衛は目を見張った。

「今回も『丸正屋』から声をかけてきた」

「そうなんですか」

「『丸正屋』とは先代同士が親しくしていたんですよ」

お葉が口を挟んだ。

「なにか今回の仕事は異例のような気がするのですが」

「そうだな」

彦太郎は頷く。

それから四半刻ほどして、彦太郎たちは腰を上げた。

「お蝶さん。また、ゆっくりお話がしたいわ。今度うちにも来てくださいな」

「わかりました。必ず」

お蝶が約束をした。

長兵衛とお蝶はふたりを外まで見送った。

彦太郎はなぜ、将軍家菩提寺の修繕工事の入札のことを口にしたのか。材木問屋の『丸正屋』と『天田屋』は結びつきが強そうだ。

『天田屋』の彦太郎は江戸一番の俠客と讃えられている男だ。手を組むなら『天田屋』と誰もが思うのだろうが……。

「素敵な夫婦ね」

お蝶はふたりの背中を見つめながら言う。

「俺たちだって負けちゃいない」

長兵衛は妙に力んで言った。

「今度、『天田屋』さんに顔を出さないと」

「そうだな」

長兵衛は気のない返事をした。

「あら、どうしたの？」

「また、外出することになるからな」

「吉五郎たちに付いてきてもらえばだいじょうぶよ。それに先方から訪ねて下さったのだから、今度はこちらから出向かなければ」

「そうだな」

長兵衛は頷いた。

部屋の中が薄暗くなった。お蝶が行灯に火を入れた。

「親分」

吾平の声だ。

「徳の市っていう座頭が親分に会いたいって来ていますが」

「なに、徳の市だって」

すぐ立ち上がった。

「親父がかかっている按摩《あんま》だ。俺に話があるらしい」

長兵衛が土間まで行くと、徳の市が立っていた。

「長兵衛親分」

声をかけないうちに、徳の市が呼びかけた。

「徳の市さん、わざわざ来てくれたのか。まあ、上がってくれ」

「蔵前のほうでお約束がございまして、これから向かうところでございますので」

「そうか」

「じつは、例の男を見つけたのです」

「見えなくて助かったなと言った男か」

「そうです」

浅草の溜に向かう一行を何者かが襲った。徳の市はその近くを通り掛かった。賊のひとりが徳の市に気づき、見えなくて助かったなと言ったという。

「三日前、神田佐久間町《さくまちょう》を流していたら女のひとに呼び止められて家に上がりました。その家にいた男のひとに揉み療治をいたしました。男のひとはときどき話しかけてきまして。私も相槌《あいづち》を打っていたのですが、その声はまぎれもなく、私を脅したひとと同じ声でした」

「よく似た声ということはないのか」

「いえ、私は一度聞いた声は忘れません。特に、殺されるかと思ったときに聞いた声ですから」

「体つきは？」

「大柄で、二の腕も太股《ふともも》も驚くほど太く、頑丈そうな体でした」

「よし。家はどこだ？」

「神田佐久間町一丁目です。その家の近くに豆腐屋がありました。匂いでわかります。男のひとは女のひとのことをお浜《はま》と呼んでいました」

「お浜か」

神田佐久間町一丁目で近くに豆腐屋があり、その家にお浜という女がいる。そこまでわかっていれば探し出すのは容易だ。

「徳の市さん、助かった」

長兵衛は言ったあとで、

「男に気づかれる心配はないか」

と、心配した。

「だいじょうぶです」

「近くを通ってまた呼び止められてもいけない。そっち方面はしばらく行かないほうがいいかもしれないな」

「はい。でも、そっちにも贔屓のお客さんがいまして。じゃあ、私はこれで」

「徳の市さん、お待ちなさいな」

お蝶が土間に下りて、

「これ」

と、懐紙に包んだ銭を手に握らせた。

「姐さん、こんなことしてもらっちゃ」

「わざわざこっちまで来てもらったんだもの」

「徳の市さん、とっておいてくれ」

「へえ、ありがとうございます」

見えない目で、ちゃんと長兵衛とお蝶に顔を向けて頭を下げた。

杖を突きながら、戸口を出ていった。

「定吉を牢抜けさせた男のひとりがわかったのね」

「そうだ。これから様子を見に行ってくる」

「親分」

吉五郎が声をかけた。

「ここは面の割れていない者に探らせたらどうですか。気づかれて警戒されてもいけません」

「そうよな。だが、勝五郎も弥八も敵と対しているが」

「親分。あっしが」

隅のほうから若い男が口を出した。

「三次《さんじ》か」

半年前から『幡随院』に寄宿している男だ。野州《やしゅう》の佐野《さの》大師の近くの生まれだ。人足としてではなく、長兵衛の子分として迎え入れた男である。

「ぜひ、あっしに。あっしもそろそろ親分のお役に立ちたいと思っていたところなんです。どうか、あっしに」

「親分、どうでしょうか。三次なら間違いないと思いますが」

吉五郎が口添えをした。

「いいだろう。三次、頼んだぜ」

長兵衛は言い、具体的な話をした。

「わかりやした」

「相手に気づかれてはならねえ。だから、無理はするな」

「へい、では」

三次は『幡随院』の屋号の入った半纏を脱ぎ、土間を出ていった。

五つ（午後八時）になっても、三次は戻ってこなかった。

長兵衛は土間に行った。すでに大戸を閉めてある。表を見ていた吉五郎が潜り戸から入ってきた。

「まだか」

長兵衛はきいた。

「ええ、まだです」

吉五郎は眉根を寄せた。

「今、勝五郎に様子を見てくるようにと行かせました」

すると、ほどなく勝五郎といっしょに三次が土間に入ってきた。

「吾妻橋の袂で会いました」

勝五郎が言う。

「遅くなりました」

三次が長兵衛の前に出た。

「ごくろう」

「やはり、豆腐屋の二軒隣のしもたやがお浜という女の家でした。お浜は三十前で、後家《ごけ》だそうです。二階の部屋を貸間にしていたそうで、そこに大柄な男が部屋を借りたということです」

「居候《いそうろう》だというのか」

「はい。でも、今は夫婦のようだと近所の者が言ってました。男の名は寅蔵《とらぞう》です」

「寅蔵……。何をしている男かはわからないのだな」

「わかりません。寅蔵が出かけるようなら後をつけようと思ったのですが、出かける気配がないので今夜は引き上げてきました」

「そうか。そこまでわかれば上等だ。ごくろうだった」

長兵衛はねぎらった。

「へい。明日は寅蔵のあとをつけてみます」

三次の腹の虫が鳴いた。

「飯はまだだな。食ってこい」

「へい」

三次は板敷きの間を上がって台所に向かった。

「親分」

吾平が遠慮がちに前に出てきた。

「どうした?」

「へえ、明日、あっしも三次といっしょに行きたいのですが」

「何かあるのか」

「へえ。いえ、まだ考えに自信がないので」

吾平は曖昧に言う。

お蝶が西方寺に誘き出されたとき、供をしたのは勝五郎と弥八だ。だから、吾平は賊と対峙《たいじ》していない。

いったい、吾平はなにを気にしているのか。

いずれにしろ、寅蔵のことから賊の手掛かりが得られるかもしれない。ともかく明日だと、長兵衛は逸る気持ちを抑えた。

五

後ろ手に縛られて馬の背に乗った繁蔵が口を開き、何かを訴えていた。そのあと、繁蔵の首が宙を飛び、小塚原に飛んでいった。お紺は竹矢来のそばから獄門台の繁蔵を見ていた。繁蔵がまた何か言っていた。

なに、何が言いたいの。聞こえないとお紺は叫んだ。すると、繁蔵の顔が善次に変わった。今度は善次が何かを訴えている。

「姐さん、だいじょうぶですか」

隣の部屋から定吉が声をかけてきた。

お紺は目を覚ました。有明《ありあけ》行灯の明かりが枕元で灯っているが、部屋の中は真っ暗だ。

「だいじょうぶだよ」

お紺は答える。

「ずいぶんうなされていましたから」

「夢を……」

お紺は答えた。

最近、同じような夢を続けて見た。繁蔵が何かを伝えようとしているのか。

なかなかお蝶に復讐が出来ないことで繁蔵は歯がゆく思っているのか。

襲撃にまた失敗したのだ。行脚僧に化けてすれ違いざまにお蝶に襲いかかったが、長兵衛に邪魔をされたということだった。

定吉は帰ってきて、そのときの様子を落胆して報告した。今までのやり方では斃すことは無理だと、定吉は冷めたように言った。

ただ、今夜の夢はいつもと違った。最後に善次の顔になった。そのことが妙に気にかかり、朝まで寝つけなかった。

翌朝、朝餉をとったあと、定吉がきいた。

「姐さん、昨夜、うなされていました。おかしらの夢を見たんじゃないですか」

「ああ。最近、同じ夢を見る」

「ひょっとして、引き回しのおかしらが何か訴えている夢じゃありませんか」

「どうしてそれを?」

お紺は驚いてきき返した。

「じつはあっしも続けておかしらの夢を見るんです。後ろ手に縛られて馬に乗っているおかしらの夢です。昨夜、姐さんがうなされた声で目を覚ましたんですが、あっしもちょうどその夢を見ていたところでした」

「同じ時刻に同じ夢を」

「ええ。姐さん」

定吉は居住まいを正し、

「これはおかしらが姐さんとあっしに何かを告げようとしているんじゃないでしょうか」

「ああ……」

お紺は俯いて続けた。

「まだお蝶を討てないのかとお叱りに……」

「姐さん、違います」

定吉は訴えるように続けた。

「やはり、姐さんに生きろと言っているんだと思います。お蝶を討ったところでおかしらや兄貴たちは戻ってきません」

「………」

「姐さん。もう諦めましょう」

「何をばかなことを言うんだい。これでやめたんじゃ今まで何をしてきたのか……」

「姐さんにもあっしの夢にもおかしらが出てきたんです。おかしらは、もういい、よく頑張ったって言っているように思えるんです。それに……」

定吉は言いよどんでから続けた。

「あっしはどうも友三郎って男が信じられないんです」

「でも、今までよくやってきてくれた。たまたまうまく行かなかっただけで」

「ええ、そのことは認めるんですが」

「定吉は以前から友三郎さんのことが気に入らなかったみたいだけど、私も心配になっているよ」

友三郎が主導していることが、定吉の気に入らないのかもしれない。

定吉はむきになって、

「姐さん、江戸を離れてください。そして鎌倉に行って出家を」

「定吉」

お紺は首を横に振った。

「おまえを置いてはいけないよ。おまえを牢抜けさせたのは私なんだ。最後まで、私はおまえといっしょにいるよ」

「姐さん」

定吉はやりきれないように、

「あっしは牢抜けして、お蝶を狙うことが出来て満足しています。失敗しましたが、何度も襲うことが出来た。それだけでも、おかしらや兄貴たちに対しての負い目が少しだけ軽くなったような気がしているんです。もう思い残すことはありません。あとは姐さんに長生きしてもらえば」

「無理だよ。私はおまえと運命を共にすると決めたのさ」

「そんな」

定吉は溜め息をついた。

「それから、うなされたのはおかしらの夢のせいじゃないんだよ。昨日はどういうわけか、おかしらの顔が善次さんに変わったんだよ」

「善次さんに」

「ええ。善次さんが私に何か訴えかけてくるんだ」

「………」

定吉は腕組みをして考えこんだ。そして、腕組みを解いた。

「善次さんも姐さんにとっては縁の深いひとでした。あっしはこれから深川に行ってきます」

定吉は厳しい顔になった。

「私も行く」

お紺も息を呑んで言った。

霊岸島町から日本橋川を渡って北新堀町《きたしんぼりちょう》に出る。ふたりは少し離れて永代橋を越えた。お紺は頭から手拭いをかぶり、定吉は菅笠をかぶっていた。

油堀沿いに閻魔堂橋までやってきた。用心しながら橋を渡ったとき、定吉はあわてて足を止めた。

善次の骨董屋に岡っ引きが入っていったのだ。すぐ背後にお紺がやってきた。

「岡っ引きが」

「えっ」

お紺は骨董屋を見た。表戸は閉まっていて、町方が潜り戸から出入りをしている。

お紺と定吉は向かいにある寺の境内に入り、山門の脇から様子を窺った。

やがて、善次が引き立てられて出てくる。そう思っていた。だが、出てきたのは同心と岡っ引きだけだ。

善次はどうしたのだろうと、お紺は不安になった。

「様子を見てくる」

お紺は思わず飛び出していこうとした。

「姐さん、いけねえ」

あわてて、定吉がお紺の手を引っ張った。

「なんだかおかしい」

「姐さん、ここで待っててください」

定吉は山門を出て、遠巻きに見ている野次馬のひとりに声をかけている。

野次馬が何か答えた。定吉がはっとしたような顔をした。お紺は息が詰まった。

それから、定吉は裏のほうにまわった。

やっと定吉が戻ってきた。

山門に入り、

「姐さん、たいへんだ。善次さんが殺されたそうだ」

「えっ」

お紺は悲鳴を上げた。

「詳しいことはわかりませんが、死んだことは間違いないようです」

「そんな」

お紺は体がよろけた。定吉があわてて支える。

「しっかりしてください。ここにいたんじゃ危険です。さあ、行きましょう」

定吉は寺の裏口に向かった。

「どうして、善次さんは……」

お紺は歩きながら呟く。

裏口から出て、遠回りをして仙台堀のほうから永代橋に向かった。

夕方になって友三郎がやってきた。

深刻そうな顔で、お紺と定吉の前に腰を下ろした。

「どうした？」

ふたりの顔色が優れないのに気づいて、友三郎は声をかけた。

「ひょっとして、善次さんのことを知っていたのか」

「善次さんに何があったんだい？」

お紺がきいた。

「まだわからねえ。今日の昼過ぎに行ったら様子がおかしい。店の戸が閉まっていた。それで、隣の家できいた。そしたら、昨夜殺されたと。下手人はまだわからねえが、おそらく、盗品を持ち込んだ男と揉めたのだろう」

友三郎は厳しい顔をする。

「姐さんが預けてあった金はどうなったんでしょう？」

定吉がむきになってきいた。

「盗まれたと考えたほうがいい。盗品の揉めごとではなく、はじめからその金目当てだったかもしれない」

友三郎は冷静に言う。

「ちくしょう」

定吉は悔しそうに拳を振り下ろした。

「いや、まだ、そうだと決まったわけではない。ひょっとしたら、あの家のどこかに隠してあるかもしれない。だが、しばらくは奉行所の目があるから近付けない」

友三郎はふと思い付いたように、

「もしかしたら、善次さんは金をどこかに隠したかもしれない。そうだとしたら、隠し場所に心当たりはないか」

と、きいた。

「わからない」

お紺は首を横に振った。

「善次さん、私を避けていたようだし……」

「そうか」

友三郎は呟き、

「奉行所の目がなくなってからあの家を調べてみる」

「下手人に盗まれたんじゃないですか」

定吉はきいた。

「そうかもしれないが、盗品を持ち込んだ男は善次さんがそんな金を持っていることを知らないはずだ。あるいは知っていたとしても、善次さんがどこかに金を隠していて見つけ出せなかったということも考えられる」

友三郎は力説した。

「そうですね」

定吉は素直に応じた。

「善次さんは死んだが、俺たちは頼まれたことはちゃんと果たす」

友三郎は言い切った。

「何か手立てがあるんですか」

定吉はきいた。

「ある」

友三郎は自信に満ちて言った。

「でも、蔵前でも失敗しました」

「あれも計算の内だ」

「計算の内？」

「長兵衛たちは、襲撃は外で行われると思っているはずだ。だが、今度は屋内でやるんだ」

「屋内？」

「屋内なら油断しているはずだ」

「どこですか」

「明神下にある口入れ屋の『天田屋』に長兵衛夫婦が行くことになっている。『天田屋』には俺の息のかかった男が入り込んでいる。俺たちを裏口から入れてくれる手筈になっている。『天田屋』の主人彦太郎夫婦と長兵衛夫婦は酒席を共にする。酒がだいぶ進んだときにそこに踏み込む。あるいは、お蝶が厠に立ったときでもいい。まさか、『天田屋』の屋敷内で襲われるとは想像もしていまい」

友三郎はほくそ笑んで、

「お蝶をおまえさんが殺れなければ、俺たちがやる。だが、ふたりの目の前で殺らなければ意味がないんだ。だから、ふたりとも『天田屋』に行ってもらわなきゃならねえ」

「わかったよ」

お紺が応じ、

「いつなの？」

と、きいた。

「明後日だ。夕七つ（午後四時）に長兵衛夫婦が来る」

友三郎は余裕の笑みを浮かべたまま続ける。

「酒席だから長兵衛は長脇差が手元にない。まさか屋敷内で襲われると思っていないから長兵衛の子分たちも屋敷の外で待っているはずだ。供を連れての訪問は礼儀に欠けるからな。まさに、襲撃には打ってつけだ」

「『天田屋』の主人に気づかれる心配は？」

お紺が確かめる。

「ない。『天田屋』には人足がごろごろしていて、見知らぬ男がいても変に思われない。なにもかも抜かりはない」

友三郎はふと真顔になり、

「いずれにしろ、『天田屋』で最後だ。それで俺たちの役目は終わりだ。善次さんも見守ってくれるだろうぜ」

と、言った。

「善次さんのお弔いは誰がやってくれるんだろう」

お紺が心配した。

「身寄りがないんだ。町内の者がやるんじゃないか。だが、弔いがあったって、俺たちは顔を出せねえ」

友三郎が答える。

「善次さんが相談した知り合いって誰なんですか。もう教えてくれてもいいじゃありませんか」

定吉が強い口調で言う。

「明後日、すべて片づいたら話す」

「なぜ、今話せないんですか」

「約束だからだ」

「約束？　善次さんとのですか」

「そんなことより、目的を果たす好機が到来したのだ。そのことだけに専念しろ。明後日の昼、神田明神の境内で待ち合わせだ。いいな。間違いなく来るのだ。いいな」

何度も念を押し、友三郎は引き上げていった。

定吉が浮かない顔をしていた。

「定吉、今はよけいなことを考えるのはよそうじゃないか」

「へえ」

「いよいよだよ」

ようやく復讐が果たせると、お紺は胸が高鳴った。

第四章　罠

一

翌日の朝から、三次と吾平は神田佐久間町にある後家の家に、寅蔵を探りに行った。昨日も探ったが、何も摑めなかった。

昼前、河下又十郎が『幡随院』にやってきた。

客間に通そうとしたが、土間で待っていると言うので、長兵衛は土間に出向いた。又十郎は難しい顔で立っていた。

「河下さま。何かありましたか」

長兵衛はきいた。

「うむ。お紺といっしょに街道筋で盗みを働いていた善次が死体で見つかった」

「死体？」

「善次は深川の閻魔堂橋近くで骨董屋をやっていた。その家で、匕首で刺されて死んでいたんだ」

「下手人は？」

「まだ、わからぬ」

難しい顔のまま、

「通いの婆さんの話では、やはり定吉とお紺らしきふたりがやってきたことがあったそうだ。それに、例の長身の男も顔を出していたという。この男は友三郎という名だそうだ」

「友三郎……」

「襲撃した五人は友三郎の子分だろう。じつは御代官手代《おだいかんてだい》に問い合わせたのだが、半年前に、上州新田郡木崎宿《きざきしゆく》で博徒六人が賭場荒らしをして三人を殺し、七百両を盗んで出奔したそうだ。おそらく、お蝶を狙ったのはこの連中ではないかと思える」

「手配書はまわっているんですかえ」

「まわっている。兄貴分の男は大柄でたくましい体をしているそうだ」

「間違いない。襲ってきた賊の中に、そんな男がいた」

長兵衛は言って、

「名は？」

と、きいた。

「寅蔵だ」

「寅蔵……」

徳の市が見つけた男だ。

「どうした、心当たりがあるのか」

又十郎がきいた。

「ええ、じつは按摩の徳の市が……」

溜に向かう定吉の一行が襲われた件と、徳の市が揉み療治をした男のことを話した。

「徳の市は襲撃の現場にいたそうですぜ」

「確かに按摩がいた。だが、何も見ていないから聞き流していた」

「ところが、賊のひとりの声を聞いていたんです」

「そうか」

又十郎は徳の市の話に耳を傾けなかったことを恥じ入るように呟いた。

「それにしても、善次が殺されたのは引っ掛かりますね」

長兵衛が眉根を寄せた。

「おそらく、お紺は善次を頼ったんだ。善次はそれで友三郎を引き合わせた。それからは、友三郎がお紺と定吉の面倒を見ている。向島の小梅村の家も友三郎が見つけたのだろう。だが、友三郎は上州からやってきたにしては江戸に詳しい」

又十郎が疑問を口にする。

「ええ、一連の動きを差配しているのが友三郎に間違いありません。つまり、友三郎は江戸の者です」

　長兵衛は言い切った。

「善次と友三郎の関係が気になります。善次に身寄りは？」

「いねえ」

「じゃあ、弔いは？」

「今夜、通夜ですね」

「町内で行うようだ」

「そうだ。どうするのだ？」

「顔を出してみます。友三郎が来るかもしれません。家はどちらですか」

「閻魔堂橋の近くだ」

　そこに、三次と吾平が戻ってきた。

「親分」

　吾平は口をあえがせ、

「間違いありません。寅蔵はあっしに匕首を突き付けていた男です。今日、後家の家を出てくるとき、やっと正面から顔を見ました。前歯が出ていました」

　と、訴えた。

「なんだと？　お蝶と関係ないことで……」

長兵衛は耳を疑った。

「どういうことだ？」

又十郎が口をはさむ。

「じつは五人の男につきまとわれた商家の手代ふうの男を助けたことがあったんです。そのとき、吾平に匕首を突き付けたのが寅蔵です」

「そのときはどうしたんだ？」

「へえ、たまたま『天田屋』の彦太郎親分が通り掛かって助けてもらいました。あの連中は手代を追っていたのではなく、俺を狙っていたのだろうか。その手代がどうも仲間だったようで」

手代に似た遊び人ふうの男を吾平が見かけたことを、長兵衛は話した。

「その連中が定吉を助け、お蝶を狙っているのか」

又十郎が不思議そうに言う。

「ともかく、寅蔵が住んでいる後家の家に案内してくれ」

又十郎が頼んだ。

「今、外出して留守ですぜ」

三次が戸惑い気味に言う。

「場所を確かめておくだけだ」

「へい」

三次が頷く。

「気づかれたら逃げられてしまいますぜ」

長兵衛が注意をする。

「じゃあ、あっしが」

三次が又十郎の案内に立った。

「どうもわからねえ」

長兵衛は首を傾げた。

「何がですかえ」

吉五郎がきく。

「浅草御門のところで手代を助けたときの賊は五人だった。手代が仲間だとしたら六人だ。西方寺では八人を相手にした。そのうちの六人が同じ男だったら、対峙していてわかるはずだが」

いくら西方寺で襲ってきた賊は頬被りをしていたとしても、体つきや動きで同じ連中だとわかるはずだ。

なぜ、気づかなかったのか。

「どうもこれは奥が深そうだ」

長兵衛は呻くように言う。

「親分、明日の『天田屋』へは予定通りに行かれますかえ」

吉五郎がきいた。

「もちろんだ。礼儀として行かなければならない」

「わかりました。あっしらも『天田屋』までの送り迎えをいたします」

「うむ、頼んだ」

長兵衛は居間に戻った。

辺りが暗くなってから、

「出かけてくる」

と、長兵衛は羽織を羽織った。

「どちらに？」

お蝶が声をかける。

「善次の通夜だ。何かわかるかもしれない」

「誰か連れていったほうがいいですよ」

「わかった」

長兵衛は居間を出た。

半刻（一時間）余りのち、長兵衛と吾平は油堀にかかる閻魔堂橋にやって来た。

表戸が閉まっているので善次の店はすぐわかった。戸に忌中の貼り紙がしてあった。

家の中から読経が聞こえてきた。僧侶が来ているのだ。庭からまわったが、僧侶が読経している背後には数人の男しかいなかった。みな、町内の者のようだが、骨董商らしい男がひとりだけいた。

読経が終わったあと、参列者は酒を呑みはじめた。長兵衛は同業者ふうの男に声をかけた。

「善次さんとは親しかったのですか」

「同業ですが、それほど親しいわけでは……」

男は答える。

「善次さんの知り合いをご存じですか」

「いえ。ほとんど自分のことは話しませんでしたからね」

「友三郎という名を聞いたことは？」

「いいえ」

同業者は首を横に振った。

「善次さんの商売はどうだったんですね」

「店先にはたいしたものは置いていませんが、裏の取引でだいぶ儲《もう》けていたようです」

「裏の取引？」

「盗品ですよ」

「盗品？」

「盗んだ品は質屋や道具屋では取り扱えませんが、善次さんは受け入れていたようです。その品物を欲しいという富裕な商人や大身の旗本などに売っていたようです」

「盗人がこの家に出入りをしていたのですか」

「そうです。私もそれらしい怪しげな人物がこの家に入っていくのを見かけたことがあります」

「そうですか」

「だから、私は盗人と揉めて殺されたんじゃないかと思っているんです」

「なるほど。下手人は盗品を持ち込んだ盗人だと？」

「ええ、買い手のほうがここに来ることはほとんどないんじゃないですか。善次さんのほうから品物を持って訪ねて行ってたんですよ」

「なるほど。そういうわけですか」

　友三郎は、善次の得意先の旦那に世話をしてもらった男か、あるいはどこかの武家屋敷の中間か……。

「善次さんが出入りをしているお得意さんを知りませんか」

「いえ、口の堅いひとでしたから」

「そうですか」

酒を運んでいる婆さんがいた。又十郎が言っていた、通いの婆さんだろう。長兵衛は声をかけた。

「友三郎さんに会ったことがあるそうですね」

「はい」

「善次さんが亡くなったあと、ここに来ましたか」

「いえ。お見えじゃありません」

「友三郎さんがどこに住んでいるのか知りませんよね」

「わかりません」

「通いだそうですが、夜は帰ってしまうのですか」

「はい。夕餉の支度をしたら引き上げます」

「じゃあ、夜にどんな人物が訪れたかなどわかりませんね」

「はい、では」

婆さんは下がった。

何人も弔問に訪れるが、みな酒を呑みにきただけだ。死者を嘆き悲しんでいる者はひとりもいない。

いるとすればお紺だけだろう。

お紺はこの近くに来ているのではないか。

長兵衛は家を出て、辺りを見まわした。ふと、射るような視線を感じた。岡っ引きや手下があちこちから鋭い視線を送っている。

それとは違うものだ。長兵衛はその視線のほうに目をやった。暗がりに誰かいるような気配がしたが、いつの間にか消えた。


長兵衛は花川戸の『幡随院』に戻った。

吉五郎が出迎えて、

「河下さまがお待ちです」

と、伝えた。

長兵衛はまず居間に行き、お蝶に羽織を渡した。

座敷では、又十郎が煙草をくゆらせていた。

「お待たせいたしました」

長兵衛は又十郎と差し向かいになる。

「通夜はどうであった？」

又十郎がきいた。

「ほとんど町内の者が酒を呑みにきただけのようでした。身内がいないので、涙のない気楽な通夜でした。そんな中で同業者の男がおりました。善次は盗品の売買をしていると言ってましたが」

「うむ。奉行所もそのことで調べているが証《あかし》はない」

「その同業者は、盗品を持ち込んだ男と金のことで揉めたのではないかと言ってましたが、奉行所じゃどう見ているのでしょうか」

「なんとも言えぬが、わしには品物を盗む盗人がひと殺しをするようには思えないのだ。どこぞの寺から仏像を盗んだり、道楽で集めた品物を盗んだり、人気《ひとけ》のないところに忍び込んで盗みを働く者は、そんな凶暴にはなれないのではないかと思っている」

「なるほど」

又十郎の考えにも一理あると思った。

「それより、寅蔵のほうはいかがですか」

「夜まで待ったが、寅蔵は後家の家に戻らなかった。それで、腹を決めて、後家の家を訪ねた」

又十郎は切りだした。

「すると、寅蔵は二、三日留守にすると言って家を出ていったそうだ」

「二、三日ですか」

「そうだ。どこに行ったかときいたが、後家は聞いていないと」

「…………」

「寅蔵は、半年前から居候しているそうだ。上州から江戸に出てきたと言っていた」

「賭場荒らしに間違いないようですね」

「まず、間違いない。それで、ときたま中肉中背のおとなしそうな感じの男が寅蔵を訪ねてきていたそうだ」

「中肉中背のおとなしそうな感じの男？」

手代に扮《ふん》していた男に似ているようだ。

「二、三日というのが気になる」

「ええ」

「明日、『天田屋』に夫婦で出かけるそうだな」

「ええ」

「『天田屋』の人足たちに紛れ込んでいるのではないか」

「それはありません。彦太郎親分の目がありますから」

「そうだが」

又十郎の表情が厳しくなった。

「ともかく、明日、わしも『天田屋』の近くまで行くことにする」

又十郎は立ち上がった。

長兵衛は又十郎を見送ったあと、何か胸がざわついた。

居間に戻ると、お蝶が長兵衛の顔を不思議そうに見た。

「おまえさん、何か」

「お蝶。明日の『天田屋』訪問は俺ひとりで行く」

「えっ、なんですって」

お蝶が目を見開いた。

「胸騒ぎがするのだ。お蝶は風邪をひいたことにして……」

「幡随院長兵衛の女房がそんなことで怯んでは名折れです。それに、お葉さんに対しても礼を失することになります」

お蝶は毅然《きぜん》として言った。

「わかった。何があろうが、お蝶のことは俺が守る」

長兵衛は丹田《たんでん》に力を入れて強く言った。

二

お紺と定吉は山門脇の暗がりから善次の家を見ていた。

さっきは幡随院長兵衛が家から出てきて、こっちに近寄ってきた。あわてて本堂のほうに逃げた。

再び、山門脇の暗がりに戻った。

善次の亡骸《なきがら》に手を合わせたかった。顔も見たい。繁蔵と出会う前まで、お紺は善次といっしょに盗みを働いていたのだ。善次はお紺にとって父親同然だった。

家の周辺には岡っ引きが目を光らせている。

小柄な商人ふうの男が家に入っていった。堅気のように装っているが、いつぞやの目つきの鋭い男だ。

「あの男」

お紺が言う。

「ええ。この前、善次さんの家を訪ねた男ですぜ」

定吉が応じた。

男は四半刻（三十分）ほどして出てきた。

足早に閻魔堂橋のほうに向かう。ふたりは暗がりを伝いながら、男のあとをつけた。男は閻魔堂橋を渡った。遅れて、ふたりも橋に差しかかった。

男は永代寺門前町のほうに向かった。が、途中で男は立ち止まった。お紺もはっとして歩みを止めた。

男が振り返った。

「俺に何か用か」

「ちょっと善次さんのことで訊ねたいことがあるんですよ」

お紺は近づいていく。

「おまえさんたちは？」

男がきく。

「善次さんの昔の知り合いです」

「なるほど。ひょっとしてお紺さんか」

「どうして、それを？」

驚いてきき返した。

「善次さんから聞いた」

「善次さんがそんなことをおまえさんに話したと言うのかえ」

「そうだ」

男は辺りを見まわし、

「ここじゃひと目につく。場所を変えよう」

男はさっさと歩きだした。お紺と定吉はついて行く。

永代寺の山門をくぐった。境内の隅の植込みのほうに男は向かう。

「ここなら誰にも聞かれまい」

男は言う。

「教えてちょうだい。おまえさんと善次さんはどのような関係？」

「知り合いだ」

「おまえさんの名は？」

「由蔵《よしぞう》だ。そっちの兄《あに》さんは？」

「…………」

「どうした、名乗れねえのか」

由蔵は挑発するように言う。

「定吉だ」

「手配書がまわっているぜ」

「…………」

定吉は声が出せなかった。

「心配するな。訴え出るつもりはない」

由蔵は冷笑を浮かべた。

「善次さんを殺した下手人に心当たりは？」

お紺はきく。

「わからねえ」

　由蔵は首を横に振る。

「あるひとが、善次さんは盗品を扱っていると言っていたよ。盗品を持ち込んだ盗人と揉めたのではないかと」

「それを言っているのは誰だ？」

　由蔵の目が鈍く光った。

「ひょっとして友三郎って男ではないか」

「友三郎を知っているんですか」

　定吉がきいた。

「善次さんの家に行ったとき、出てきたのを見かけただけだ。善次さんにきいたら、友三郎だと言っていた」

「どういう関係か言ってましたかえ」

「知り合いに引き合わされた男だとだけ」

「知り合いって誰かわかりますか」

「いや、教えてくれなかった」

「そうですか」

　定吉は落胆したように呟く。

「想像もつかないかえ」

お紺がなおもきく。

「つかないこともないが」

由蔵は眉根を寄せた。

「誰？」

お紺は迫るようにきく。

「それを聞いてどうするんだ？」

「友三郎って男はどうも信用出来ないんだ。友三郎がどんな男なのか知るためにも友三郎を世話した者を知りたいんですよ」

定吉が訴えるように言う。

「おそらく、口入れ屋の『天田屋』だ」

「『天田屋』だって」

お紺が声を高めた。

「どうして、そう思うんですかえ」

定吉がきく。

「『天田屋』は善次さんの得意先だ。仏像に興味があるようで、盗品とわかっていながら仏像を買ってくれるそうだ」

「由蔵さんが持ち込んだ仏像が『天田屋』に渡っているということだね」

お紺がはっきり言うと、由蔵は苦笑し、

「まあ、そんなところだ」

と、認めた。

「善次さんのところには何人かの盗人が盗品を持ち込んでいる。だが、盗品のことで揉めるはずはない。ましてやひと殺しなどするはずない」

由蔵は言い切った。

「じゃあ、誰が……」

定吉が呟く。

「それこそ、友三郎じゃないのか」

由蔵が口元を歪めた。

「なぜ？」

お紺がきく。

「さあ」

「お金とは思えないけど」

お紺が首をひねる。

「金じゃない。善次さんは友三郎の秘密を知ってしまったのかもしれないな」

「秘密ってなんでしょう」

　定吉が厳しい顔になって続けた。

「友三郎は何かを隠していると思っていました。それが何かわかりませんでしたが、善次さんは気づいたんでしょうね」

「明日の『天田屋』でのことと何か関係があるのかい」

　お紺が呟く。

「明日の『天田屋』でのこととはなんだね」

　由蔵がきいた。

「さっきも『天田屋』と聞いて驚いたようだったが？」

「なんでもないよ」

　お紺はあわてて言う。

「なんでも話してみたらどうですね。案外、話しているうちに何か思いつくかもしれませんぜ」

「すまないが、おまえさんがどこまで信用出来るかわからないからね」

　お紺が言うと、由蔵は苦笑した。

「違いねえ」

　足音がして、お紺はそのほうを見た。商家の内儀ふうの女が山門から入ってきて本堂に向かった。

「俺だって善次さんの仇を討ってやりたいって気があるが……」

　由蔵は真顔になって、

「まあ、今さら俺に何が出来るってわけじゃない。俺が出来ることは、おまえさんたちのことを黙っていてやることだけだ。明日の『天田屋』で何があるかわからんが、せいぜい友三郎に利用されないようにな」

「待って」

　お紺が行きかけた由蔵を呼び止めた。

「私たちのことを黙っているって、おまえさんはどこまで私たちのことを知っているんだね」

「まあ、おおよそはな」

「おおよそ？」

「幡随院長兵衛の女房を狙っているということだ」

「善次さんが話したの？」

「いや、善次さんは何も言わないが、想像はつく。善次さんとは古い仲で、助け合ってきたんだ。最後に会ったとき、善次さんは何か屈託がありそうだったので、わけをきいてみた。詳しいことは教えてくれなかったが、友三郎への不審を洩らしていた。おそらく、その後、友三郎に会ったとき、善次さんはそのことを問いつめたのではないか。だから、口封じで……。まあ、俺の想像でしかないがな」

由蔵は間《ま》を置き、

「明日、『天田屋』で何があるのかわからないが、おまえさん方は利用されているだけかもしれないってことを頭に入れておいたほうがいい。じゃあ、俺は行くぜ」

由蔵はふたりに挨拶をし、山門を出ていった。


半刻後、お紺と定吉は霊岸島町の隠れ家に帰ってきた。

部屋に落ち着いてから、お紺は気になっていたことを口にした。

「私たち、友三郎に利用されているんだろうか」

「あっしもそう思っていました。お蝶を殺ることだけに目を奪われていましたが、友三郎の動きはおかしなことだらけです」

定吉は続けた。

「友三郎は『天田屋』に自分の息のかかった男を入り込ませてあると言ってました。でも、由蔵さんの話では、友三郎を世話したのは『天田屋』の主人の彦太郎だというではありませんか。友三郎はなぜこのことを隠していたんでしょう」

定吉は考えながら続ける。

「『天田屋』の裏口からあっしたちが侵入する手筈になっていると言いますが、そんなこと勝手に出来るでしょうか。『天田屋』の主人の了解がなければ不可能では……」

「じゃあ、明日のことには主人の彦太郎も関わっていると？」

お紺の表情が険しくなる。

「ええ」

「でも、なぜ？　なぜ、私たちの目的を果たすために『天田屋』の主人までが？」

そのとき、定吉はあっと叫んだ。

「先日、蔵前で行脚僧に化けた男がすれ違いざまにお蝶に斬りつけました。でも、あっさり長兵衛に妨害されました。あのときも微かに妙な気がしていたんですが」

「何？」

お紺は急かした。

「あの行脚僧はお蝶ではなく、最初から長兵衛を殺ろうとしていたんです」

「長兵衛を？」

「そうです。明日の『天田屋』での襲撃も、狙いは幡随院長兵衛ではないでしょうか」

「なぜ、長兵衛を？」

お紺は素直に受け入れられなかった。

「わかりませんが、これには天田屋彦太郎が絡んでいると思われます。だって、善次さんに友三郎を引き合わせたのは彦太郎でしょう。そして、明日の襲撃の場所が『天田屋』。出来すぎていませんか」

「でも、『天田屋』で長兵衛夫婦を殺したら疑いは天田屋彦太郎に……」

そこまで言って、お紺はあっと叫んだ。

「ひょっとして私たちを」

「そうです。長兵衛夫婦を殺したあと、友三郎は姐さんとあっしを始末しにかかります。あっしと姐さんが屋敷に侵入し、長兵衛夫婦を殺した。それを『天田屋』の子分たちが始末したっていう筋書きです。だから、友三郎は姐さんとあっしの前で長兵衛夫婦を殺らねばならないとくどくどと言っていたんです」

「私たちは友三郎に利用されていたんだね」

「その友三郎を操っていたのが天田屋彦太郎です」

ちくしょうと、定吉は呻いた。

「善次さんはこのことに気づいた。私にそのことを知らせようとして殺されたんだよ」

お紺は激しい怒りが込み上げてきた。

「どうしやす？」

定吉が恐ろしい形相できいた。

「友三郎たちの思うようにはさせない」

そのとき、縁側の障子がいきなり開いて男が現われた。友三郎かと思って肝を冷やしたが、由蔵だった。

「どうしてここが？」

定吉は声を震わせる。

「俺がつけてきたのにもまったく気づかなかったようだな。すべて聞かせてもらったぜ」

由蔵は苦笑し、

「おまえらがほんとうのことを言おうとしないから、わざとこんな真似をしたのだ。おかげで、事情を察したぜ。おまえらの推量は間違っていないだろう」

「悔しい。友三郎に利用されていただなんて」

定吉は歯嚙みをした。

「さあ、どうするね」

由蔵がきいた。

「答えはふたつある。明日、『天田屋』に行くか、行かないかだ。行けば、おめえさんたちふたりは生きて帰れないだろう。行かなければ、友三郎たちの企みは失敗に終わる。どうする？」

「友三郎は善次さんの仇。明日、『天田屋』に行き、友三郎を討つよ」

お紺は悲壮な覚悟で言う。

「あっしも姐さんといっしょに行動します。狙いは友三郎だ」

定吉も意気込んだ。

「いい覚悟だ」

「だが、友三郎を殺る前におまえたちは殺される」

由蔵は冷たく言う。

「やってみなければわからないでしょう」

お紺は反発する。

「俺が友三郎だったら、おまえたちを『天田屋』に引き入れたら即座に殺す」

「えっ？」

「要は、長兵衛夫婦の死体の近くにおまえたちの死体があればいいのだ。先に殺しておいたほうが長兵衛夫婦殺しに専念出来るからな」

「…………」

「実際に友三郎がどうするかは知らねえが、そういうこともあり得ると思っていたほうがいい」

「そうかもしれない」

お紺は呟いた。

「やはり、一番いいのは長兵衛夫婦が『天田屋』を訪問しないことですね」

定吉が言う。

「それしかないわ」

ようやく、お紺は由蔵に顔を向けた。

「由蔵さん、お願い。これから花川戸まで行ってくれない。幡随院長兵衛に明日の訪問をやめるように伝えてもらいたいの」

「幡随院長兵衛は仇じゃないのか」

由蔵が鋭くきく。

「ええ。でも、これでは仇討ちじゃない、ただの暗殺よ。お願い、由蔵さん。『幡随院』まで走って」

お紺は頭を下げた。

「まさか、こうなるとは思わなかったぜ」

由蔵は舌打ちしたが、すぐに立ち上がった。

「行ってくれるの？」

「行ってこよう。善次さんの大切なお紺さんのためだからな。返事は明日の朝に知らせに来る」

由蔵は出かけていった。

「姐さん。おかしらには申し訳ないですが、もう終わりました。仇は討てません」

定吉は呻くように切りだした。

「よくよく考えれば、あっしが勝手に姐さんと間違えてよけいなことを口にしたのがいけなかったんであって、お蝶という女が悪いわけじゃないんです」

「だね。お蝶さんの立場なら押込みを疑えば当然お店に知らせるはずさ。おかしらの獄門首を見て逆上したけど、私がよけいなことを考えさえしなければ善次さんまで死ぬことにならなかったんだ。私が一番いけないんだ」

お紺は自分を責めた。

「あっしも同じだ。逆恨みをしたまま島流しになっても、きっといつか狂い死にしていたに違いありません。これでひとを恨んだまま死んでいくことは避けられます。姐さんに助けてもらったからこそ、こんな気持ちになれたんです。感謝しています」

「定吉」

「姐さん。どうか、明日、江戸を離れてください。あっしは自訴します」

「ひとりでは生きちゃいけないよ」

「おかしらや善次さん、それに仲間の菩提を弔って生きてください。これがあっしの最後の願いです」

ひんやりしたすきま風が吹き込んでいた。お紺は改めて今夜は善次の通夜だということを思いだしていた。

三

風が出てきたのか戸が揺れている。長兵衛がそろそろ休もうかと思っていたとき、吉五郎が襖の向こうから声をかけた。

「親分。ちょっとよろしいですか」

「いいぜ」

吉五郎は襖を開け、

「今、由蔵という男が親分を訪ねてきました」

「由蔵？」

「お紺と定吉の使いで来たと言ってます」

「よし」

長兵衛は立ち上がった。

店に出ていくと、土間に小柄な男が立っていた。

「長兵衛ですが」

「夜分に申し訳ありません。あっしは由蔵と申します。詳しく話せば長くなりますので、要点だけ申し上げます。明日の『天田屋』訪問は中止してもらいたいとのこと。罠《わな》だと」

「罠？」

「はい。敵の狙いはお蝶さんではなく長兵衛親分だそうです」

「由蔵さん、敵とは？」

「天田屋彦太郎です」

「天田屋……」

長兵衛は由蔵の顔を見つめた。嘘をついているようには思えなかった。

「ゆっくりお話を聞きたい。上がりませんか」

長兵衛は勧めた。

「わかりました」

由蔵は頷いて座敷に上がった。

客間で、長兵衛は吉五郎とともに改めて由蔵の話を聞いた。

「繁蔵の復讐を誓った情婦のお紺が、昔世話になった善次という男に相談したところ、善次が友三郎という男を引き合わせてくれたそうです。じつは善次は骨董屋をやりながら裏では盗品を扱っていたんです。盗人が持ち込んだ品物を欲する客を探して売っていたんです。その客のひとりが天田屋彦太郎です」

それから友三郎が仲間を集め、定吉を牢抜けさせた。お紺と定吉に手を貸しているように見せかけながら、友三郎の狙いは長兵衛だったということを、由蔵は話した。

「お紺と定吉は友三郎からこう聞いたそうです。『天田屋』に仲間を忍び込ませてあるので屋敷に入り込むことは簡単に出来る。長兵衛親分夫婦の油断をついて襲いかかると」

由蔵は言ったあとで、

「でも、奴らの汚いところはそれからです。長兵衛夫婦殺しの下手人として次はお紺と定吉を殺すつもりです。お紺と定吉の仕業にして、天田屋彦太郎は自分を無関係に置く。それだけでなく、長兵衛夫婦の仇を討ったと喧伝《けんでん》する……」

「うむ」

長兵衛は唸った。

「『天田屋』に行くのは危険です。どうぞ、急病を理由に取りやめを」

由蔵は訴える。

「なぜ、彦太郎親分が俺を殺そうとするのかわからねえ」

長兵衛は厳しい顔で首を横に振る。

「心当たりはありませんか」

「ない。ただ、商売で競い合っていることがある」

「なんですね」

「将軍家の菩提寺大伽藍の修繕工事だ。だが、これは『天田屋』が請け負うだろうと言われている」

作事奉行の相模守から入札に加わるように勧められていたことを、長兵衛は思いだした。そのことと何か関係があるのか。

「親分さん。お紺と定吉の言うとおりです。明日は取りやめを」

「由蔵さん。せっかくのお言葉だが、断るわけにはいかない」

「なぜですね」

「たとえ罠だったとしても、男と男がいったん取り交わした約束を破るわけにはいかないんですよ」

長兵衛は厳しい顔で言う。

「それが俠客というものですか」

「ええ」

「では、無腰ではなく、得物を持って屋敷に。また、手下もいっしょに」

「それも出来ません」

「出来ない？　やはり俠気《おとこぎ》ですか」

「まあ、そういうことです」

「それならまんまと敵の罠に嵌まってしまうではありませんか。それを承知で乗り込むのですか」

由蔵は無謀だと言った。

「お紺と定吉に伝えてください。ふたりは『天田屋』に行かないようにと」

「逆になっちまいましたね」

由蔵は顔をしかめる。

「失礼ですが、由蔵さんはふたりとはどのようなご関係で？」

それまで黙って聞いていた吉五郎がきいた。

「あっしは善次さんの知り合いです」

「ひょっとして品物を売りに？」

長兵衛が口にした。

「………」

由蔵から返事がない。

「善次は盗品を扱っていたそうではないか」

長兵衛は由蔵を見つめる。

「恐れ入ります」

由蔵は頭を下げ、

「そのとおりです。盗品を売りさばいてもらっていました」

と、正直に打ち明けた。

「善次さんは客を見つけるのがうまかった。さりげない会話から道楽の中身を探り出し、その上で実物を見せると盗品とわかっていながら手を出してくれるそうです。自分だけで楽しむぶんには盗品だろうが関係ありませんからね」

「主にどんなところに忍び込むのだ?」

「寺が多いですかね。仏像を。それから、大名屋敷の納戸部屋。近在の村の庄屋とかの品物なら盗まれたほうも暮らしにそれほど困らないでしょうから」

「なるほど」

長兵衛は微笑み、

「しかし、いつまでも出来る商売ではないな。早く見切りをつけ、まっとうな商売をはじめたほうがいい」

と、最後は真顔になって言う。

「恐れ入ります」

由蔵は頭を下げ、

「じゃあ、あっしはこれで」

「もう夜も遅い。今夜はここに泊まって朝になって引き上げたらいかがか」

長兵衛は声をかけた。

「親分。盗人を家の中に入れちゃ危ないですぜ」

由蔵は笑った。

「なに、夜更けの道を歩くのは馴れていますんで。どうも、お邪魔しました」

由蔵は立ち上がった。

由蔵を見送って、吉五郎を伴い居間に戻った。

長兵衛は由蔵から聞いた話をお蝶に伝えた。

「由蔵がいい加減なことを言っているという可能性も確かにあるが、あの男は信じられると思う。それに、彦太郎親分との出会いも妙だった。遊び人ふうの男たちから逃げてきた手代ふうの男も嘘だったしな」

あれは芝居だったと、長兵衛は言った。

話を聞き終えたお蝶は深い溜め息をつき、

「まさか、あの彦太郎親分が……」

と、呟いた。

「男伊達《おとこだて》を売り物にし、その裏ではあくどいことをしているとしたら許せない。だが、まだ、ほんとうに俺を殺そうとしているのか、この目で見極めるまでは……」

長兵衛は拳を握りしめた。

「お蝶。敵の巣窟の中に入り込むことになる。その覚悟は出来ているか」

「もちろんです。私は最後まで幡随院長兵衛の女房としてあり続けます」

「わかった」

「親分。あっしらは外で待機しています。屋敷の中から騒ぎ声がしたらすぐに踏み込みます」

「わかった」

明日はとんでもない一日になりそうだ。

長兵衛は彦太郎の渋い顔を思いだしていた。

翌日の朝、長兵衛は勝五郎と吾平を連れて、深川の木場に出かけた。

材木問屋『大城屋』は入船町《いりふねちょう》にあった。店の前の堀には筏《いかだ》に組んだ丸太がたくさん浮かんでいて、半纏を着た川並《かわなみ》が棹を使って集めている。

長兵衛は『大城屋』の土間に入り、番頭に主人への面会を申し入れた。

「『幡随院』の親分さんで」

番頭は驚いたように奥に向かった。

すぐに三十半ばの男が出てきた。

「これは長兵衛親分ですか。『大城屋』の仙右衛門です」

「少し、お訊ねしたいことがありまして」

「そうですか。どうぞ、お上がりください」

仙右衛門が促す。

勝五郎と吾平を土間に残し、長兵衛は仙右衛門のあとについて客間に行った。

差し向かいになってから改めて挨拶をし、長兵衛はさっそくきいた。

「先日、作事奉行の相模守さまから今度の将軍家の菩提寺の修繕工事の入札に加わるように勧められました」

「…………」

「その際に、相模守さまから『大城屋』さんの名が出たのです」

「さようですか」

「なぜ、急に相模守さまが『幡随院』に入札に加わるように言ったのかが解《げ》せません。聞くところによると、『丸正屋』と口入れ屋の『天田屋』が手を組んでその修繕工事を引き受けるということになっているそうではありませんか」

長兵衛は仙右衛門を見つめながら、

「それなのに、どういうつもりで『幡随院』に声をかけたのか。そのことについて何かご存じであれば教えていただきたいと思いまして」

「『丸正屋』さんは江戸で一、二を争う材木問屋で、『天田屋』さんもたくさんの人足を抱えています。この両者が手を組めば大きな仕事が出来ましょう」

仙右衛門は静かに切りだした。

「ですから、ほぼその両者で決まっていたのですが、最近になって『天田屋』さんのことで、ちと問題が……」

「問題と仰《おつしや》いますと？」

「『天田屋』さんの人足の中に上州で賭場荒らしを専門にやっていた連中が隠れ潜んでいるらしいという訴えがあったそうなんです」

寅蔵らのことだろうか。

「それで待ったがかかったそうです。それに対して『天田屋』の主人彦太郎が弁明したそうですが、対抗の業者を出し、そこと比較をした上で決めるということに……」

「それが『大城屋』さんと『幡随院』ですか」

「そうです」

「それにしても、なぜ『幡随院』なのか」

「相模守さまから何かお聞きになりませんでしたか」

仙右衛門がきいた。

「山嵐の繁蔵一味捕縛のことを仰っていました。繁蔵一味が松尾播磨守さまのご息女の名を騙って『山代屋』に押し込もうとしたのを、あっしの女房が見破った。そのことで松尾さまが喜んでおられたという話をされました」

「そのことです」

「……………」

「そのことで『幡随院』が注目されたようです」

「それだけのことで、ですか」

長兵衛は解せなかった。

「それに勧めてくれたのは作事奉行です。こんなことを申してはなんですが、作事奉行と『大城屋』さんはかなり親しい関係だとお聞きしました。そんな方が私に声をかけてなんになりましょう」

「先ほども申しましたように、『天田屋』さんが上州の賭場荒らし一味を匿っていることが問題になっているのです。そこで、作事奉行は『天田屋』さんに代わる業者を探さねばならなくなったのです」

「それが『幡随院』だというのですか」

「そうです」

「つまり、『幡随院』が『天田屋』に取って代わろうとしていることになるのですね」

長兵衛はきいた。

「そういうことです」

仙右衛門が鷹揚《おうよう》に頷く。

「その場合、材木問屋も『丸正屋』から『大城屋』さんに変わるのですね」

「そうなります」

「どなたがお決めになるのでしょうか」

「作事奉行や勘定奉行、勘定組頭などのご意見によってではないでしょうか」

「今の時点の感触ではどうなのですか」

「さあ、私にはわかりません」

仙右衛門は余裕の笑みを浮かべた。

その笑みは自信の表れのようだった。作事奉行との関係が深いことを物語っている。作事奉行の相模守は『大城屋』に仕事が行くように関係する者に働きかけをしているのだ。

だとしたら、よけいに相模守が『幡随院』を入札に加わらせようとする理由がわからない。『大城屋』と『幡随院』が組むことで、『丸正屋』と『天田屋』を越えることが出来るのか。

「『天田屋』は、賭場荒らしの連中を住み込ませていることが問題になっていることを知っているんでしょうか」

「知っています」

「代わって『幡随院』が出てくることも?」

「知っているはずです」

「そうですか」

やはり、天田屋彦太郎にとっては幡随院長兵衛が邪魔なようだ。

「長兵衛親分」

仙右衛門が表情を曇らせ、

「このことで何かあったのでしょうか」

と、きいた。

「いえ、なんでもありません」

「長兵衛親分、おそらく私どもと『幡随院』が組むことになろうかと思います。その節はよろしくお願いいたします」

仙右衛門は真顔になって口にした。

長兵衛は驚いた。まるで、菩提寺の修繕工事を自分たちが請け負うことが決まっているような口振りだ。

そのことを問うと、仙右衛門は笑いながら、

「『天田屋』の賭場荒らしの件と『幡随院』の押込みを未然に防いだ件とを比べればおのずと判《わか》ること」

「いったい、どなたがそこまでのこだわりを？」

「さあ、そこまではわかりません」

仙右衛門は何かを隠しているような気がしたが、そこに踏み込むことは出来そうもなかった。

長兵衛は花川戸に引き上げた。

四

その日の朝、霊岸島町の隠れ家に由蔵がやって来た。

「長兵衛に伝えたが、いったん交わした約束を違《たが》えるわけにはいかないということだ」

由蔵は長兵衛に会ったことを話した。

「じゃあ、長兵衛は『天田屋』に行くつもりなのですね」

定吉は厳しい顔できく。

「そうだ。長兵衛はまだ若いのにたいした男だ。罠だとわかっていても約束を守ると」

「おかしいよ」

お紺は吐き捨てて、

「相手に悪意があるのに約束だからってそのとおりにするなんて」

「確かにそのとおりだ。だが、長兵衛は俠客なんだ。男を売り物にして生きていく。俺たちには理解出来ないが」

「こうなったら、あっしも『天田屋』に行きます」

定吉は言い切った。

「行ってどうするんだ？」

由蔵がきいた。

「長兵衛夫婦の味方をします」

「おまえさんは？」

由蔵はお紺の顔を見た。

「私もお蝶さんを守る」

「狙っていた相手を守るのか。皮肉な話だ」

由蔵は口元を歪めた。

「今は善次さんの仇を討つほうが先」

「そうだな」

それから四半刻（三十分）経って、定吉が立ち上がった。

「姐さん、そろそろ行きますかえ」

「ああ」

お紺もすでに支度は出来ていた。

「由蔵さん。山嵐のおかしらが貯めていた金を善次さんに預けてあったの。友三郎は探し出せなかったみたい。探しておくれ」

「いくらぐらいあるんだ？」

「少なくとも五百両はあるはず」

由蔵は急に厳しい顔になって、

「俺がその金を持ち逃げするかもしれねえぜ。ひとを簡単に信じていいのか」

「私たちの頼みを聞いて、幡随院長兵衛に会いに行ってくれたわ。善次さんに対しての思いも感じ取れます」

「いささか甘いんじゃないか」

「万が一、由蔵さんにお金を持ち逃げされても仕方ない。私たちにどうしても必要なお金でもないし。でも、私は由蔵さんを信じている」

「そうまで言われちゃ、悪いことは出来ねえな」

由蔵は苦笑し、

「そうか。探して預かっておこう」

と、真顔で言った。

「あっしはもうここには戻ってこられない。由蔵さん、姐さんのことを頼みました。鎌倉の尼寺に無事に送り届けてください」

「定吉。私は……」

「姐さんのことはあっしがこの体を張って守ります」

「わかった。ふたりで町中を歩くより、俺がいっしょのほうが岡っ引きの目もごまかせるだろう」

「そうしてもらおうか」

お紺が言い、三人で隠れ家を出た。

神田明神の近くで、いつの間にか由蔵はいなくなった。お紺と定吉は鳥居をくぐり、ひと目を避けるように裏門のほうに向かった。

「姐さん、もし、『天田屋』に入ってすぐ、友三郎らがあっしらを襲ってきたら、あっしが防ぎます。その間に逃げてください」

「わかったよ。その足で自身番に駆け込んで、友三郎の目的を打ち壊してやる」

「へえ」

その後、ふたりは押し黙った。

やがて、背の高い男が現われた。友三郎だ。

「待ったかえ」

友三郎がきいた。

「よし、行こうか」

友三郎は先に立った。

裏門から出て、明神下に向かう。お紺は一切の感情を抑えて、善次の仇の友三郎に従った。

やがて、『天田屋』に着いた。店先を素通りし、裏口にまわる。

友三郎は裏口の戸を叩いた。すると、内側から戸が開き、若い男が顔を出した。友三郎はお紺と定吉に中に入るように目顔で言う。

ふたりは裏口から母屋に入った。若い男はお紺と定吉を母屋ではなく、小屋のような部屋に案内した。廊下の雨戸が閉まっていた。

「どうぞ」

若い男は入るように勧めた。

「ここなら誰にも気づかれない」

友三郎が言う。

十畳一間だけだ。人足たちが増えたときのために用意された部屋だと、友三郎が言う。

「ここで、長兵衛夫婦がやって来るまで待つんだ」

「わかったよ」

お紺は答える。

「じゃあ、俺は母屋に行っている。こいつが外にいるから何かあったら、なんでも言え」

友三郎は若い男を引き合わせた。

「じゃあ、頼んだ」

友三郎は若い男に言い、そのまま出ていった。

「おまえさん、『天田屋』さんのおひとかえ」

お紺がきく。

「そうだ」

若い男は突慳貪《つっけんどん》に答える。

「『幡随院』の長兵衛夫婦が『天田屋』を訪ねてくることを知っているのかえ」

「すまねえな。よけいな話はしないように言われているんだ。じゃあ、俺は外にいるから、何かあったら呼んでくれ」

そう言い、若い男は出ていった。

定吉は雨戸の隙間から外の様子を窺った。長脇差を腰に差した連中が数人うろついていた。

「どうしたえ」

お紺がきく。

「長脇差を腰に差した連中がうろついています。あっしらを見張っているようです」

「ことが成ったら、私たちを始末するんでしょうね」

「長兵衛夫婦を殺るまでここに閉じ込めておくつもりなんだ。ちくしょう。俺たちの目の前で殺らなければ意味がないなんて言っていたが、はなからそのつもりはなかったんだ」

定吉は悔しそうに呻いた。

「どこかに外に出られるところがあるかもしれないわ」

お紺は土間に下りてみたが、出入口は一カ所しかなかった。そこには、さっきの若い男がでんと構えていた。

お蝶に手伝ってもらい、長兵衛は白い着物を着て、その上に黒い着物を重ねて羽織った。白装束は死出の旅立ちの覚悟だ。

「だが、俺は殺られねえぜ。お蝶を必ず守るんだからな」

長兵衛は悲壮な覚悟を見せた。

「じゃあ、そろそろ行くか」

お蝶に言う。

「はい」

お蝶は素直に答えた。

土間に、吉五郎をはじめとして十人が勢揃いしていた。皆、腰に長脇差を差している。

「親分の長脇差はあっしがお持ちします」

吉五郎が神妙な顔で言う。

「よし。これから『天田屋』に向かう」

長兵衛は一同に声を発した。

長兵衛とお蝶の供は勝五郎と吾平、そのあとに少し離れて吉五郎ら八人が続いた。

花川戸を出発し、半刻余りで明神下にやってきた。

『天田屋』の広い間口の店を入る。番頭らしい男が出てきた。

「これは長兵衛親分におかみさん。よくいらしてくださいました。ただいま、主人を呼んで参ります」

手代が呼びに行った。

やがて、彦太郎がやって来た。

「長兵衛、よく来てくれた。お蝶さんも」

彦太郎は上機嫌だった。

「さあ、上がってくれ」

「では」

長兵衛は軽く頷き、

「ここで待たせてもらえ」

と、勝五郎と吾平に言う。

「へい」

ふたりは頭を下げた。

長兵衛は彦太郎のあとについて座敷に上がり、廊下を何度か曲がって庭に面した部屋に通された。

すでにそこには膳が用意してあった。

「さあ、そこに座ってくれ」

彦太郎は奥に並んだふたつの膳を示した。

「では、お葉を呼んでくる」

彦太郎はいったん部屋から出ていった。

ここまで来る間に男の連中は誰も見かけなかった。無気味なほど静かだ。まるで身をひそめているように思えた。

やがて、彦太郎とお葉が入ってきて、長兵衛とお蝶とそれぞれ向き合うように座った。

「ようこそお出《い》でくださいました」

お葉が丁寧に挨拶する。

「こちらこそ、お邪魔しまして……」

お蝶が応じる。

「堅苦しい挨拶は抜きだ」

彦太郎がくだけた調子で言うと、襖が開いて女中が酒肴を運んできた。

女中が長兵衛とお蝶の猪口《ちょく》に酒を注《つ》いだ。お葉が別の徳利から彦太郎の猪口に酒を注いだ。長兵衛はお蝶に目配せをした。お蝶は意を酌んで、手元に置かれた徳利を摑んでお葉に近づいた。

「どうぞ」

お蝶が徳利を差し出す。

「あら、申し訳ありませんね」

お葉は困惑したように言う。

お蝶が元の場所に戻って膳に置いた猪口を持った。

酒に毒が混入されていないか警戒したのだ。お葉の猪口の酒は長兵衛たちと同じ徳利から注いだものだ。

「では、新たな出会いに……」

彦太郎が口を開き、猪口を口に運んだ。

長兵衛は猪口を口元まで運び、すぐに呑まずに香りを味わうように手で鼻のほうに扇《あお》いだ。

た。

「伏見の酒です」

お葉が言い、長兵衛の警戒をあざ笑うかのように、いっきに呑み干して笑みを浮かべ
長兵衛は呟く。

「よい香りです」


長兵衛は酒をいっきに呷《あお》った。お蝶も口にする。

「失礼ですが、お蝶さんは私と同い年ぐらいかしら」

お葉がきいた。

「二十八歳です」

「同じよ」

お葉は彦太郎に顔を向けた。

「では、長兵衛どのより……」

「はい。ふたつ年上です」

お蝶が答える。

「姉さん女房か」

彦太郎は言い、

「年上の女房は金《かね》の草鞋を履いてでも探せというが、よい女子《おなご》に巡り合えたものよ」

と、うらやましげに言う。

「じつは私が見つけたのではなく、親父が見つけてきました」

長兵衛が答える。

「先代が？」

彦太郎は言う。

「はい。親父が気に入り、強引に私の嫁にしようとしたのです」

「まあ、そうでしたの。でも、長兵衛さんも気に入ったのでしょう」

「ええ」

長兵衛は頷く。

「お葉さんはどういうご縁で彦太郎親分と？」

お蝶がきいた。

「私のほうは逆で、私のおとっつあんが彦太郎さんを気に入って。あいつは必ず大物になるからと、私に勧めて」

「まあ、そうでしたの」

お葉は芝の勘太郎親分の娘だ。

「勘太郎親分は御達者で？」

「ええ。元気です」

お葉が微笑む。

「確か、『幡随院』の先代と同い年なはず。まだ、現役だ」

彦太郎が目を細める。

「さあ、どんどんやってください」

お葉が立ち上がって長兵衛のそばに来て酌をしてくれた。

「すみません、あとは手酌でやりますから」

長兵衛は言う。

お葉は彦太郎の魂胆を知っているのだろうか。あいつは必ず大物になるからと娘に勧めた彦太郎の行状を知ったら、勘太郎親分はどう思うだろうか。

女中が酒を運んできた。

長兵衛は手酌で酒を注ぐ。

「おまえさん。だいぶ呑んでいますよ」

お蝶が注意をする。

「酒がうまいのでどんどん入っていく」

長兵衛はとろんとした目で言う。

「お蝶さん。呑みすぎたら、今夜はここにお泊まりになっても構いませんよ」

彦太郎が笑みを湛えて言う。

「いえ。そうも行きません」

部屋の中はいつの間にか薄暗くなっていた。女中がやってきて、行灯に明かりを入れていった。

「彦太郎親分」

「何かな」

長兵衛は少し間を置き、

「酔った勢いで、お訊ねしてよろしいでしょうか」

と、口にする。

「おまえさん」

お蝶がまた注意する。

「なに、ちょっとお訊ねするだけだ」

長兵衛はお蝶から彦太郎に顔を向けた。

「じつは先日、作事奉行の井村相模守さまから、今度の将軍家の菩提寺の修繕工事の入札に参加するように請われました」

長兵衛が言うと、彦太郎の顔が微かに歪んだ。

「あの修繕工事は材木問屋『丸正屋』と手を組んだ『天田屋』さんが請け負うものとばかり思っていましたので、なぜ『幡随院』に入札を勧めたのか不思議でなりませんでした」

長兵衛は彦太郎に迫るように、

「作事奉行は材木問屋『大城屋』と親しいようですね。相模守さまが『大城屋』に請け負わせたくて裏で画策するのは、ことの善悪は別として理解出来るのですが、『幡随院』に入札を勧めても何もならないと思うのですが。このことについて、彦太郎親分はどう思いますか」

「作事奉行は『大城屋』に請け負わせたくて『幡随院』に入札を勧めているのだ」

「そこがわかりません」

「『幡随院』なら請け負えるからだ」

彦太郎の表情が厳しくなった。

「どうしてでしょうか」

なおも長兵衛はきいた。

「…………」

彦太郎は憤然としている。

「『天田屋』を貶《おとし》めることをあるお方に告げ口した輩がいるのだ」

「誰ですか」

「おそらく『大城屋』であろう」

「『大城屋』さんが?」

「そうだ。相模守さまもぐるになって、今度の仕事を横取りしようと企んだのだ」

「なぜ、そんなことが出来るのですか」

「長兵衛、しつこいぞ」

彦太郎が顔をしかめた。

「これは申し訳ありません。ちょっと呑みすぎたようで」

「茶でもいれよう」

彦太郎が言うと、お葉が立ち上がって部屋を出ていった。

彦太郎も立ち上がった。

「厠だ」

彦太郎も部屋を出ていった。

長兵衛とお蝶のふたりだけになった。

長兵衛はしゃきっとし、

「お蝶、気をつけろ」

と、声をかけた。

五

戸が開いて、友三郎が入ってきた。

お紺と定吉は思わず身構えた。

「さあ、いよいよだ」

友三郎はふたりを外に引っ張りだした。

「友三郎さん。あっしに長脇差を貸してくれませんか」

定吉がきいた。

「なぜだ?」

「あっしもお蝶に一太刀でも浴びせたいんです。匕首なんかではなくて長脇差で」

定吉は訴えるように言う。

「よし、おめえのを貸してやれ」

友三郎は若い男に言う。

「あっしのをですか」

「そうだ。いいから貸してやれ」

「へい」

若い男は腰から長脇差を鞘《さや》ごと抜き取り、定吉に渡した。

お紺と定吉は友三郎に連れられ、母屋の廊下に上がり、さらにそこから奥に向かった。

奥の部屋の前に十人近い男たちがたすき掛けに尻端折りの、喧嘩支度で待っていた。

「どうだ？」

友三郎が大柄で強健そうな体の前歯が突き出た男にきいた。

「長兵衛夫婦だけだ」

大柄な男が答えた。

「よし。行くぞ」

友三郎が襖をさっと開け、男たちが雪崩《なだれ》込《こ》んだ。お紺と定吉も続く。

「出やがったな」

長兵衛とお蝶が立ち上がった。

「長兵衛にお蝶、いよいよ年貢の納め時だ」

にやにやしながら友三郎が言う。

長兵衛とお蝶は壁を背にした。

「おまえは友三郎だな」

長兵衛が言い、横にいる大柄な男に向かい、

「おまえが寅蔵か」

と、口にした。

「知っていたのか」

寅蔵が冷笑を浮かべた。

「浅草御門でへたな芝居を打ったこともあったな。そのときに手代の役をしていた男もいるな。西方寺で襲撃してきた者もいる。全員が集まったか」

長兵衛が男たちを見まわして言う。

「さあ、ふたりとも前に出ろ」

友三郎が言うと、お紺と定吉は長兵衛の前に突きだされた。

「あなたがお紺さんね」

お蝶が言う。

「ええ」

お紺が感慨を持ってお蝶を見た。

「あなたは間違って声をかけてきた定吉さんね」

お蝶が定吉に言う。

「へえ」

「よく似ていやがるぜ」

友三郎が口元を歪める。

「俺たちは仇討ちの手助けだ。定吉、どうするんだ？　おめえから口火を切るか」

友三郎は長脇差を抜いた。

「待て」

長兵衛が叫んだ。

「友三郎に寅蔵。おまえたちはどういう関係なんだ。寅蔵は上州で賭場荒らしを繰り返してきた一味のかしらだろう？」

「そこまで知っていたか」

寅蔵は口元を歪めた。

「俺も昔は上州にいた」

友三郎が言う。

「一年前に江戸に出て、『天田屋』に草鞋を脱いだ。半年前に寅蔵が俺を頼って江戸に出てきたのだ」

「ここに集まった者はそれぞれの手下ってわけか」

「まあ、そうだ。じゃあ、そろそろ片付けさせてもらうぜ」

「待て」

「またか。長兵衛、往生際が悪いぜ」

「彦太郎親分を呼んでもらいたい」

長兵衛は訴えるように言う。

「ふざけるな。やれ」

友三郎が叫んだとき、待てと廊下から声がかかった。友三郎たちの動きが止まった。

長兵衛は彦太郎が入ってくるのを見ていた。

彦太郎は長兵衛の前に立ち、

「長兵衛。おまえは酔っていなかったのか」

と、目を見開いた。

「へえ、だいぶ手拭いに吸い込ませました」

「ふん」

彦太郎は冷笑を浮かべ、

「いくらあがいても無駄だ」

と、吐き捨てた。

「これはどういう真似か、説明していただけませんか」

長兵衛は彦太郎に鋭い目を向けた。

「お紺と定吉に同情し、ふたりの味方をすることにしたのだ」

彦太郎は顔を歪めた。

「彦太郎親分。それは違うんじゃありませんか。お紺と定吉の狙いはお蝶。だが、親分の狙いはあっしじゃありませんか」

　長兵衛はなおも迫るように、

「なぜ、ですか。なぜ、彦太郎親分があっしを？」

「長兵衛。将軍家の菩提寺の大伽藍修繕工事は『丸正屋』と『天田屋』に決まっていたのだ。そこにいきなり割り込んできたのがおまえだ」

「割り込む？」

「山嵐の繁蔵一味のことだ。幡随院長兵衛の女房が押込みの侵入を見破って一味を一網打尽にしたということで、松尾播磨守はいたく感激されたそうだ。ここにいるお紺が播磨守の息女に化けて『山代屋』に押し込む手筈を整えていたのだからな」

　彦太郎は続けた。

「俺にとって運が悪いことに、この松尾播磨守の妾が、宮大工飛驒《ひだ》の藤五郎《とうごろう》の娘だった」

「飛驒の藤五郎？　修繕工事に関係あるんですかえ」

「どうしても飛驒の藤五郎でしかこなせない技術があるらしい。そこで、幕府お抱えの宮大工の集団に飛驒の藤五郎も加わることになった。その藤五郎が『幡随院』とやりたいと言いだしたそうだ」

　彦太郎は顔をしかめた。

「その前に、何者かが『天田屋』は上州の賭場荒らしの一味を匿っていると、告げ口をした。それもあって、『幡随院』が名指しされたのだ」

「そうでしたか」

「作事奉行はそのどさくさに紛れて材木問屋も『大城屋』にしようとした。『大城屋』と『幡随院』の組み合わせで仕事を与えようとな」

　彦太郎は冷笑を浮かべ、

「長兵衛は作事奉行にうまく利用されているのだ」

「そういうことでしたか」

　長兵衛は声を落とした。

「俺は今後のためにもどうしてもこの仕事を受けなければならぬのだ。作事奉行の井村さまにはかなりの金を賄賂に渡してきたのに、今さらこの『天田屋』を見捨てるとは我慢がならない。長兵衛、こんなことになって不本意だろうが観念してもらおう。さあ、やれ」

　彦太郎が命じると、友三郎も寅蔵も長脇差を抜いた。

「待ちやがれ」

　長兵衛は一喝した。その腹の底から響く声に、友三郎たちの動きが止まった。

長兵衛はまず右腕を袖から抜き、次に左腕を袖から外し、一番上の着物を剝いだ。白装束が現われた。

「長兵衛、おまえは……」

彦太郎は愕然としたように、

「こうなることがわかっていてここに来たのか」

と、声を震わせた。

「約束ですから」

長兵衛が言ったとき、いきなり寅蔵が斬りつけてきた。長兵衛は横に飛んで身をかわした。続けて、友三郎の長脇差の刃先が長兵衛の左肩を襲った。長兵衛は体を開いて避ける。休む間もなく、寅蔵が上段に構えて迫ってきた。長兵衛は素早く寅蔵の胸元に飛び込み、胸倉を摑んで投げ飛ばした。仰向《あおむ》けに倒れた寅蔵の手から長脇差を奪った。

そのとき、友三郎の声がした。

「長兵衛。刀を捨てろ」

友三郎はお蝶の喉元に刃先を当てている。

「おまえさん。私に構わないで」

お蝶が訴える。

「長兵衛、刀を捨てろ。いいのか、かわいい女房の喉から血が噴き出るぞ」

友三郎が大声を出す。

「待て」

長兵衛は声をかける。

「捨てるから、お蝶を放せ」

「先に捨てろ。そしたら放す」

「おまえさん、だめ」

お蝶が叫ぶ。

「ほれ」

長兵衛は長脇差を寅蔵の前に放った。寅蔵は素早く拾う。

「放すんだ」

長兵衛は友三郎に言う。

「長兵衛、甘いぜ」

友三郎は薄ら笑いを浮かべた。

「汚ねえぜ」

長兵衛は歯嚙みをした。

十人近い男たちが長脇差や匕首を構えて、長兵衛を三方から包囲しながら迫る。

「友三郎さん」

男たちをかき分け、定吉が前に出てきた。

「この女はあっしに殺らせてくれ。おかしらの仇をこの手で取りてえ」

「待て。長兵衛を先に殺ってからだ」

友三郎が言い終えた瞬間、定吉は友三郎を突き飛ばした。そして、お蝶を助けるや、長兵衛のところに行き、

「こいつを」

持っていた長脇差を寄越した。

「すまねえ」

長兵衛は長脇差を受け取った。そのとき、寅蔵が定吉を背後から斬りつけた。刃は肩に食い込んだ。

定吉は呻いて倒れた。

「定吉さん」

お蝶が定吉を助け起こす。お紺が飛び出してきた。お紺に向かって寅蔵が刃先を向けた。長兵衛は寅蔵を斬りつけた。寅蔵はあわてて足を止めた。

「もう容赦はしねえ」

長兵衛は怒りが込み上げてきた。

「なにを。覚悟しやがれ」

寅蔵が長兵衛に向かってきた。その剣を弾き、寅蔵がよろけたところに真上から斬り下ろした。

ぐえっと奇妙な呻き声を発して寅蔵が倒れた。

友三郎が裂帛《れっぱく》の気合いで突進してきた。長兵衛も足を踏み込み、相手の剣を弾き、友三郎の脇をすり抜けた。

長兵衛の剣は友三郎の脾腹《ひばら》を裂いていた。友三郎は壁にぶち当たって倒れ、苦しみもがいた。

「おまえたち、まだやるのか」

長兵衛は他の手下たちに立ち向かった。長兵衛の白装束は返り血で赤く染まっている。

臆したようにみな後退った。

長兵衛は定吉のほうを見た。お紺が定吉を抱き締めていた。

長兵衛はそばに腰を落とし、

「しっかりしろ。おかげで助かった」

「長兵衛親分、お蝶さん。すまなかった。逆恨みをして。許してくれ」

「なんとも思っちゃいないよ」

お蝶は定吉に声をかけた。

「長兵衛親分、お蝶さん、頼みが」

消え入りそうな息の下から絞り出すような声がした。

「なんだ？」

「お紺姐さんには生きてもらいてえ。鎌倉の尼寺に。みんなの菩提を弔って……」

「定吉。わかった。約束する」

長兵衛は耳元で大声で言った。

安心したように定吉は目を閉じた。

「定吉」

お紺が絶叫した。

やりきれない思いで、長兵衛は立ち上がった。

そこに吉五郎たちが駆け込んできた。

「親分」

吉五郎が声をかけた。

「だいじょうぶだ。それより、こいつらを縛り上げろ」

友三郎と寅蔵が倒れ、手下たちは戦意を喪失している。吉五郎たちはあっというまに縛り上げた。

「長兵衛」

庭に彦太郎が現われた。羽織を脱ぎ、たすき掛けに尻端折りをして長脇差を構えていた。

「男同士。一対一で勝負だ」

「わかりました」

長兵衛は応じる。

「親分。どうぞ」

吉五郎が長兵衛の長脇差を渡した。

長兵衛は廊下に出て、庭に飛び下りた。

彦太郎は剣を片手で頭上に掲げた。一刀流の心得がある長兵衛は正眼に構えた。

彦太郎は無造作に近づき、斬り込んできた。長兵衛は縦横無尽に激しく迫ってくる剣を弾きながら、少しずつ後退した。

長兵衛は相手の攻撃をかわすだけで精一杯だったが、やがて彦太郎の動きが鈍くなった。肩で息をしはじめた。

彦太郎は急に後退った。正眼に構えて、息を整えている。江戸で一、二を争う侠客の姿はなかった。

長兵衛は悲しい思いで剣先を彦太郎の目に向けた。長兵衛は彦太郎の荒い呼吸が治まるのを待った。

彦太郎はようやく落ち着いてきた。長兵衛は間合いを詰めた。そのとき、おやっと思った。彦太郎の体から魂が抜け出たように、あれほど怒りの形相だったのに穏やかな表情に変わっていた。

と、そのとき、彦太郎は裂帛の気合いで剣を振りかざして突進してきた。長兵衛も足を蹴って剣を横に倒して向かっていった。

相手の剣をかいくぐり、長兵衛は彦太郎の脇をすり抜けた。少し行ったところで立ち止まった。手に鈍い感覚が残っていた。長兵衛は急に悲しくなった。

振り返ると、彦太郎がくずおれるところだった。長兵衛は急いで駆け寄った。

「彦太郎親分」

長兵衛は彦太郎を抱き起こした。

「はじめから死ぬつもりで……」

「長兵衛、これでいいんだ」

彦太郎は喘《あえ》ぐような切れ切れの声で、

「俺はなまじ江戸一番の俠客になると言われていたために、長兵衛の評判が気になってならなかった。『幡随院』を訪ねたときから長兵衛に負けていると感じていた」

「ばかな。あっしは彦太郎親分のようになりたいと……」

「俺は江戸一番の俠客になるために、なんでもしてきた。七年前、町の衆から慕われていた口入れ屋『信夫屋《しのぶや》』の主人が暗殺された。俺は下手人を見つけ出し、仇を討った。

それで、俺の名が上がった。だが、暗殺は俺がやったんだ。下手人も俺が仕立てた。ほんとうは『信夫屋』が請け負うことになっていた護岸工事の仕事を奪うためだった」

彦太郎は苦しそうに続ける。

「それからも、作事奉行や普請奉行と結託して不正を働いてきたが、悪いと思ったことは一度もない。その一方で、江戸一番の侠客を気取るために、町の衆の相談には乗ってやり、どんなことも解決してきた。だが、そんな俺の前に現われたのが長兵衛だ」

彦太郎の声が細く消えいりそうになった。

「そんな長兵衛を、仕事を得たいために殺そうとした。おめえが死装束で約束を守ってやってきたことを知ったとき、俺はおめえこそ男の中の男だと思った。俺は恥じ入った。とんでもない間違いをしてきたのだとはじめてわかった。取り返しがつかない。色々な悪事を悔い改め禊《みそ》ぎをするにはこれしかなかったのだ。死んで詫びるしか……。長兵衛に討たれて本望だ」

「彦太郎親分」

お蝶が駆け寄ってきた。

「お蝶さん、お葉を頼む」

弱々しい声で彦太郎は言った。

「わかりました」

「長兵衛、おめえは男だ。俺の分まで……」

彦太郎は事切れた。

彦太郎は何を言いたかったのか。俺の分まで長生きをしろか。それとも侠客の道を突き進めと言いたかったのか。


ふつか後の早暁、長兵衛とお蝶は日本橋までやってきて足を止めた。そして、頭巾をかぶり、裾短く着物を着て、手甲脚絆に草鞋を履いているお紺と、半合羽《はんがっぱ》に道中差しの由蔵に顔を向けた。

「では、どうか道中お気をつけて」

長兵衛はふたりの顔を交互に見た。

「お紺さん、お達者で」

お蝶が声をかける。

「お蝶さんも」

「これから寒くなりますから」

「はい。死んでいった者たちの菩提を弔って生きていきます」

「由蔵さん、その荷物は？」

長兵衛が由蔵が背負っている荷物のことをきいた。

「お紺さんが善次さんに預けておいた金です。善次さんが庭に隠していたのを見つけたんです。五百両あります。お紺さんが尼寺に寄進するというので持っていきます。もっとも、善次さんの墓を建てたいっていうお紺さんの望みからあっしが墓を建てることになりましたが、その代金に一部使わせていただきました」

「そうですか」

「長兵衛親分」

お紺が顔を向けた。

「善次さんは私の頼みを聞いて、彦太郎親分に相談し、友三郎を紹介してもらっただけなんです。彦太郎親分の企みなど想像もしていなかったんです。どうか、そのことはわかってください」

「わかっていますよ」

長兵衛は穏やかに言うと、お紺は安心した表情になった。

「ありがとうございました。じゃあ、これで」

お紺と由蔵は東海道を西に向かって歩きだした。

ふたりの姿が見えなくなって、

「引き上げるか」

と、長兵衛は声をかけた。

「お蝶。菩提寺の修繕工事の件、辞退しようと思う」

「大きな仕事でしたのに」

「彦太郎親分との対立を生んだ仕事だ。俺がやるべきではないと。それに作事奉行に良いように利用されただけだ」

長兵衛が言うと、お蝶は呟いた。

「『天田屋』はお葉さんが引き継ぐんじゃないかしら」

「お葉さんが？」

まさかと、長兵衛は思った。

「私はそうなると思っています。お葉さんならあらくれ男の人足たちを束ねていけます。そのお葉さんを応援するためにも、菩提寺大伽藍の修繕工事を『幡随院』と『天田屋』がいっしょに請け負えばいいんじゃないかしら」

「そういうことか」

長兵衛はにやりとし、

「お蝶、おめえが、お葉さんに『天田屋』を継ぐように勧めているのか」

と、問いつめるようにきいた。

「あくまでも、お葉さんの気持ちですよ」

お蝶は涼しい顔で言う。

「しかし、お葉さんが『天田屋』を継いだら、彦太郎親分も喜ぶだろう。わかった。おめえの言うとおりにするぜ」

上っていく朝陽《あさひ》を正面から浴びながら、長兵衛とお蝶は花川戸の『幡随院』へ帰っていく。

解　説

小梛治宣

　九代目幡随院長兵衛を主人公とした本シリーズも、早いもので四巻目となった。主人公は、もちろん長兵衛その人ではあるが、男ばかりの口入れ屋《くちいれや》の中の紅一点、長兵衛の恋女房お蝶の存在は決して小さくはない。というよりも、今ではお蝶あっての長兵衛といえるほどの内助の功ぶりを発揮している。

　そもそも長兵衛とお蝶とは、恋愛結婚ではない。父親が嫁にと連れて来たのだ。この時代にはそれが当たり前のことではあったが、自分の嫁は自分で探すと主張していた長兵衛は、初めは反発していた。ところが、切れ長の目をした色っぽい容姿のお蝶を目にした途端、長兵衛の気持ちが変わってしまった。

　しかし、その姿に似合わず、お蝶は思ったことをずけずけと口にするので最初のうちは面喰《めんくら》った長兵衛だったが、その厳しい言葉が的を射ているので、今やなくてはならない存在になっていた。お蝶の願いは、初代長兵衛の再来と世間が認めるように、九代目の男を上げることなのだ。そのために、まだ現役でいたかった八代目を口説いて、強引に代替わりさせたほどなのである。

そのお蝶が、本作では生命の危機に晒《さら》されることになる。しかも、逆恨みで……。お蝶の命を狙うのは、なんと切れ長の目に三日月眉、富士額で引き締った美しい顔立ちのお蝶にそっくりな女なのだ。

なぜ、そのような事態を招いてしまったのか。世間を騒がす残忍をきわめる盗賊、山嵐の繁蔵一味の捕縛に一役買ったからである。繁蔵は、市中引き回しの上、獄門となった。では、お蝶が繁蔵一味の一網打尽にどう関わることになったのか……。

それは、繁蔵の子分定吉が、お蝶を繁蔵の情婦お紺と見間違えたことが発端だった。神田明神でお蝶は見知らぬ若い男にいきなり声を掛けられる。その男（定吉）が、うっかりお蝶にもらしてしまった一言が盗賊一味の命取りとなった。お蝶の機転で情報を得た八丁堀の同心は、盗賊一味が予定していた押込み先に罠《わな》を張り、繁蔵以下十人を捕縛することができたのだった。

だが、お蝶とよく似たお紺だけを、逃がしてしまっていた。一人残されてしまったお紺の恨みは、お蝶に集中した。自責の念も相俟《あいま》って、お蝶に復讐《ふくしゅう》することが、自らの使命と感ずるようになっていたのだ。お蝶にとっては、まさに逆恨み以外の何ものでもないことになる。

同じ顔形の二人が、一方は加害者となり、もう一方は被害者となるという構図の中、物語はお紺側の視点と、お蝶（長兵衛）側の視点が交互に入れ替わる形で進んでいく。ここが、本作の読み所でもある。

そして、そこに口入れ屋としての長兵衛の仕事も絡んでくることになる。というのも、盗賊捕縛の際のお蝶の活躍を耳にした作事奉行から、大規模な工事に関わる人足派遣について、入札《いれふだ》に加わるようにとの誘いがあったのだ。将軍家菩提寺《ぼだいじ》の大伽藍《だいがらん》の修繕工事である。とはいえ、この突然の、しかも作事奉行からの要請の裏には、何かありそうな予感が、長兵衛にもお蝶にもしてならないのだ。

一方、お紺のお蝶に対する復讐は……。お紺は、自分一人の力では如何《いかん》ともし難いので、繁蔵に出会う前に、盗みの仕事を一緒にやっていた善次に頼ることになる。この善次は、孤児だったお紺の親代わりでもあった。善次は、自分が直接協力するには無理があると言って、友三郎なる男を連れて来た。この男がすべての段取りを整えてくれると言うのだ。

そこで、まず初めにすべきことは、お紺と同様に自責の念とお蝶に対する復讐心に燃えているはずの定吉を牢抜《ろうぬ》けさせることであった。友三郎によって牢抜けに成功した定吉とお紺は、いよいよ復讐を実行に移していくことになるのだが……。

「復讐劇」なるものは、アレクサンドル・デュマの『モンテ・クリスト伯』を挙げるまでもなく、もうそれだけで興味の尽きない素材である。「シャーロック・ホームズ」シリーズの第一作『緋色《ひいろ》の研究』からして、復讐譚《たん》がベースになっているほどなのだ。『忠臣蔵』に代表される江戸時代の仇討《あだうち》は、まさにその典型である。

だが、本作では復讐と言っても、逆恨みである。討つ側には、どこから見ても正当性はない。一方的な言いがかりにすぎないのだ。山本周五郎の『五弁の椿《つばき》』のような場合とは、状況がまるで違っている。ところが、不思議なもので、読み進むうちに、お紺の一途《いちず》さに情が移ってくるのである。少なくとも、私はそうであった。

よく似た二人の女の境遇の違い、その違いが片や復讐に駆り立て、片や幡随院一家を挙げて復讐の刃《やいば》から守られている。この相反するベクトルの絡み合いが、深い味わいを生み出しているのだと、私は思うのだ。そのベクトルの絡み合いが、お紺の心情にいかなる変化をもたらしていくのか……。

作者の筆は、お紺を「復讐の鬼」で終わらせはしまい――という期待感を読者にもたさずにはおかない。

とはいえ、お紺の復讐が万が一にも成功すれば、お蝶の命に係《かか》わるわけで、これは本シリーズの存続そのものが危ぶまれてしまう。

だが、お紺の、的外れではあるがその一途な思いも何とかしてやりたいと思えてくる。では、そのあたりを、作者の筆はどう捌《さば》いてくれるのか。そこは心配せずとも、作者ならではの、後味の良い、しかも余韻の残る幕引きを用意してくれていることだけは保証しておきたい。

さて、お紺たちの襲撃とは別に、長兵衛やお蝶が気に掛けていた、将軍家菩提寺大伽藍の修繕工事の入札に絡む一件の方は、どうなったのであろうか。そもそも今回の工事は、江戸で一、二を争う材木問屋の『丸正屋』と、長兵衛と同業の口入れ屋『天田屋』が手を組んで引き受けることにほぼ決まっていたはずなのである。そこへ唐突に、『幡随院』にも声が掛かってきたのだ。しかも、『天田屋』の主人彦太郎は、まだ三十半ばだが、江戸一番の俠客《きょうかく》と讃《たた》えられているほどの男なのだ。長兵衛は、暴漢と争っていた折に一度手助けしてもらったことがあり、それ以来親しく付き合うようになっていた。お蝶は、訪ねてきた彦太郎の貫禄《かんろく》ある姿を見て、いつか長兵衛をそれ以上の、日本一の俠客にしてみせるのだと思っていたし、はっきり口に出してもいた。まさに、「一豊《かずとよ》の妻」である。

だが、そのお蔭《かげ》で確かに長兵衛も急速に貫禄を付け始めていたことも確かである。そして、長兵衛が将来の目標と仰ぐ天田屋彦太郎が、本作ではお紺の復讐と修復工事入札とを繋《つな》ぐ重要な環《わ》の役割を演ずることになる。果して、その「環」は、長兵衛にとっていかなる意味をもっているのか。それは読んでのお楽しみとしておこう。

余談ではあるが、私にとって「口入れ屋」で思い浮かぶのが、芥川龍之介の『仙人』という短編である。舞台は大阪ではあるが、田舎から権助《ごんすけ》なる男が奉公するために出てきて、口入れ屋を訪れる。そこで権助は番頭に仙人になりたいので、適当な所を世話して欲しいと言うのだ。番頭が断ると、権助は、「万《よろず》口入れ所」と暖簾《のれん》に書いてあるではないかと怒り出す。その結末は『仙人』を読んでもらいたいが、もし、こうした想定外の人物が、幡随院にやって来たとしたら、どんな対応をするのだろうかと、ふと思ったのである。おそらくその応対には、お蝶があたるのではないだろうか。では、お蝶は……。決して逃げることなく「適切」な答えを思い付くはずである。それを横で見ている長兵衛の唖然《あぜん》とした顔を想像してみるのも一興であろう。

ということを考えるのも、シリーズが巻を重ねるごとに、長兵衛やお蝶の新たな貌《かお》を発見させてくれるからでもある。次巻では、どんな発見をさせてくれるのか、今から楽しみである。

（おなぎ・はるのぶ　文芸評論家／目黒日本大学学園理事長）

本書は、集英社文庫のために書き下ろされた作品です。

本文イラスト　横田美砂緒
本文デザイン　岡　邦彦

集英社文庫

獄門首《ごくもんくび》に誓《ちか》った女《おんな》 九《く》代《だい》目《め》長《ちょう》兵《べ》衛《え》口《くち》入《いれ》稼《か》業《ぎょう》 四

2022年11月25日 第1刷　　定価はカバーに表示してあります。

著 者　小《こ》杉《すぎ》健《けん》治《じ》

発行者　樋口尚也

発行所　株式会社 集英社

東京都千代田区一ツ橋2-5-10　〒101-8050

電話 【編集部】03-3230-6095

【読者係】03-3230-6080

【販売部】03-3230-6393(書店専用)

印 刷　株式会社広済堂ネクスト

製 本　株式会社広済堂ネクスト

フォーマットデザイン　アリヤマデザインストア　　マークデザイン　居山浩二

ISBN978-4-08-744460-5 C0193